所 读 即 所 见 。

蔚蓝

诗词里的中国

唐诗 1

有书·编著

天地出版社 | TIANDI PRESS

图书在版编目（CIP）数据

诗词里的中国. 唐诗. 1 / 有书编著. — 成都：天地出版社，2023.1（2023.9重印）
ISBN 978-7-5455-7224-7

Ⅰ. ①诗… Ⅱ. ①有… Ⅲ. ①唐诗－诗歌欣赏 Ⅳ. ①I207.22

中国版本图书馆CIP数据核字（2022）第163197号

SHICI LI DE ZHONGGUO · TANGSHI 1
诗词里的中国 · 唐诗1

出品人　杨　政
编　著　有　书
责任编辑　孙学良
特邀编辑　李媛媛　李炯炎
责任校对　卢　霞
封面设计　今亮後聲 HOPESOUND 2580590616@qq.com · 小　九
内文排版　麦莫瑞文化
责任印制　王学锋

出版发行　天地出版社
（成都市锦江区三色路238号　邮政编码：610023）
（北京市方庄芳群园3区3号　邮政编码：100078）
网　址　http://www.tiandiph.com
电子邮箱　tianditg@163.com
经　销　新华文轩出版传媒股份有限公司

印　刷　玖龙（天津）印刷有限公司
版　次　2023年1月第1版
印　次　2023年9月第11次印刷
开　本　880mm × 1230mm　1/32
印　张　7.75
字　数　179千字
定　价　39.80元
书　号　ISBN 978-7-5455-7224-7

咨询电话：（028）86361282（总编室）
购书热线：（010）67693207（营销中心）

前言

若从《诗经》开始算起，诗在中国已经有三千多年的历史了。孔子在编订《诗经》的时候，就曾经对儿子孔鲤说过："不学《诗》，无以言。"（《论语·季氏》）没学会《诗经》，你就不会表达和交流。

在春秋时期，诗歌具有非常重要的社会功能，既蕴含着重要的政治纲领，又展现了必要的外交辞令。在政治、外交等重要的场合，人们往往都是以诗歌作为政治语言，进行明示或者暗示的交流。在诸侯会盟的时候，还有一个约定俗成的规矩——"歌诗必类"（《左传·襄公十六年》），也就是朗诵的诗歌既要与舞蹈搭配，还要表达与当天会盟主题契合的心志。一旦"歌诗不类"，人们就会对这次会盟产生怀疑。

春秋末年至汉初，诗歌虽然仍在持续发展当中，但是由于社会动荡，更具政治功能的治国方略、军事指南、纵横之术和外交话术成为文人志士更重要的研究内容。两汉之间，社会总体平稳，文治武功的成就催生了规模巨大、结构恢宏、气势磅礴、语汇华丽的汉赋。直到东汉末年，言简意赅、直抒胸臆的诗歌才又受到文人的重视，《古诗十九首》之类的优秀作品流传下来。到建安时期，以

“三曹”为核心的文人团体创作的诗歌形成了“建安风骨”，让诗歌重新成为文人创作的主流，并在魏晋时期得到了长足发展。

诗歌的黄金时期是在唐代。那时的诗作在韵脚、平仄、对仗上发展出了一系列严密的规则，也就是所谓的格律。同时，诗歌创作正式被纳入了科举考试的范畴，诗的好坏与文人的前途直接挂钩。盛世豪迈，诗人慷慨。从唐高宗时期开始，诗就进入了蓬勃发展的时期。科考赠答、宴会酬唱、羁旅送别、游山玩水……诗人们都会结合当时的主题与个人的情绪作出许多精彩绝伦的诗句。人生几乎所有的经验、境遇、姿态、道理，在唐诗里都有所表达。

尽管在唐代以后，历代文人一直保持着诗歌创作的热情，但再也无法超越“唐诗”这座顶峰。正如鲁迅先生所说：“我以为一切好诗，到唐已被做完。”

现在距离唐代已经过去了一千多年，随着知识背景的迭代、文化内容的丰富，古体诗歌已经不是日常生活中最主要的文化载体，但是流淌在中国人血脉里的“诗韵”，却一直深深影响着中国人的生活：

诗可以用最直白的语言赋予孩童对于世界的最初想象，如“床前明月光，疑是地上霜”；可以用最热忱的语言赋予踌躇满志的青年对未来的畅想，如“会当凌绝顶，一览众山小”；还可以给身处绝境的人恰到好处的激励，如“长风破浪会有时，直挂云帆济沧海”……最重要的是，诗还可以给许多人生场景提供一些气度高华的表达方式，给我们平淡的生活以诗意的点缀。

秉持着传承诗词的理念，我们编写了这套《诗词里的中国》，率先推出唐诗、宋词两大主题。在唐诗部分，我们根据当代人可能遇到的人生场景，精选了五十多首好诗，将它们分为怀古、望月、羁旅、抒怀、边塞、田园、咏物、送别、节日、闺情十个分支进行解读，让今天的读者，可以在不同的情境中感知中国传统文化的悠远意境，找到穿越时空的情感共鸣。

而这五十余首诗，覆盖了三十多位诗人。在解读方面，我们采取了四重解读的方式。

第一重，韵律层面。直截了当感受简约瑰丽的语言魅力，感受中国语言的韵律之美。

第二重，知识层面。借助诗歌串联起了大唐王朝的历史，有助于读者了解盛世王朝的恢宏气度；同时在解读每一首诗时，也精炼地讲述了作者的人生故事，让读者知其诗知其人。

第三重，艺术层面。对于每一首诗，都从横向、纵向两个方向寻找史料，从多名评论家的点评中吸收精华，帮助读者理解感受；同时进行延展，将题材相似、同作者或不同作者的诗进行比较，帮助读者更全面地理解每一首诗。

第四重，格局层面。了解唐代诗人为人处世的方法，汲取盛世文人的正能量，用满怀激情的诗句赋能我们人生中的艰难时刻。

希望能以此书，唤起读者的诗心；希望能借此书，丰富读者的人生。若读者能因这套图书而爱上古诗词，也算我们对弘扬传统文化做出了微薄贡献。

诗/词/里/的/中/国

目录

第一章　怀古

第二章　望月

第三章　羁旅

第四章　登高

第五章　边塞

第一章

怀古

传诗稿怒摔焦尾琴，怀天下独登幽州台

登幽州台歌

陈子昂

前不见古人，后不见来者。
念天地之悠悠，独怆然而涕下。

在唐诗当中，怀古诗算得上是意境幽深、境界高远的一种题材。所谓怀古诗，多是诗人登临旧地、游览古迹时有感而发，以对比古今的变幻，来抒发自己情怀和抱负的诗。

千载时光倏忽而过，白云依然悠悠，而人间不知已换了多少王朝。斗转星移，沧海桑田，曾经的繁华胜景俱化尘土，往昔的富贵豪门皆成云烟。

许多诗人在登临古迹遗址时，总会极目远眺，发思古之幽情，抒胸中之块垒，怅然一叹。而这一叹，留下的是无数感慨兴衰、伤己怀古的诗篇。

有人登临滕王高阁，思及昔日繁华，昂首长问“阁中帝子今何在”；有人游历金陵古城，顾念旧时风光，背手低吟“晋代衣冠成古丘”；有人途经诸葛祠堂，遥想当年英雄，垂泪悲歌“长使英雄泪满襟”……

若我们将这些怀古诗比作一座座巍峨的山峰，那么有一座高耸入云的危峰矗立在众峰之前！正是它引领了怀古诗的时代风潮，也正是它一扫六朝绮丽柔靡之风，开启了大唐诗歌的豪迈气象——这便是被誉为一代诗骨、千古绝唱的《登幽州台歌》。

自燕京向东南行四十余里，便能抵达旧时燕京八景之一“蓟门烟树”。古幽州台便坐落于此。

有一日，黄沙漠漠，衰草茫茫，一位白衣胜雪的年轻人神情落寞地骑着一匹瘦马缓缓而来。他叫陈子昂。

说起陈子昂，长安城有一个关于他的传说。

当年，陈子昂为了实现胸中的抱负，从天府之国前往长安，成了一个“京漂”。他怀揣远大梦想，认为凭借自己的才能一定能做出一番经天纬地的事业。然而，满腔热血的陈子昂很快就会知道，什么叫“理想很丰满，现实很骨感”。

在唐朝，没有背景的年轻人想要走上仕途，必须要通过科举考试中进士。然而，在唐朝，中进士远没有想象中的那么容易。有才华是一方面，另一方面还要在考试之前拜会京城里的大人物，以获得推荐。

可是无人引荐，当时京城里的那些有头有脸的大人物，又有谁会在意这个毫不起眼的年轻人呢？陈子昂接连两次科考都名落孙山。

第二次落榜后，陈子昂很苦恼，心道：现在该怎么办呢？难道就此认输，灰溜溜地卷铺盖回老家吗？那可不是我陈子昂的性格啊！但属于我的机会在哪里呢？

陈子昂像一只无头苍蝇，在长安城里漫无目的地游逛。他那苦涩的面容，在周围繁华热闹景象的映衬下，格外酸楚。或许，当初这个少年心中怀着多少抱负和自信，现在他面颊上就挂着多少悲苦和失落。

突然一位老者叫卖古琴的吆喝声，打断了他的思绪。据老者说，这把焦尾古琴乃家传的稀世珍宝，价值不菲。周围挤满了看热闹的人，大家议论纷纷，却没人真的舍得拿出这么多钱去买一把琴。

这时，陈子昂挤进人群，二话不说，掏出身上所有的银钱买下了这把焦尾琴。接着，他郑重其事地对周围的人宣布：明日此时，自己将在这里公开抚琴，请大家务必赏光。

第二天，闻讯而来的人把陈子昂围得水泄不通，都想亲耳听一听这把价值不菲的古琴奏出的声音究竟有多动听。在所有人的注视下，陈子昂突然双手举起古琴，将它重重地摔在地上，只听啪的一声，这把古琴就化为满地碎片。

全场皆惊，鸦雀无声！

这时，陈子昂拿出事先准备好的一卷卷诗稿，高声说道："蜀人陈子昂，有文百轴，驰走京毂，碌碌尘土，不为人知。此乐贱工之役，岂愚留心哉！"然后把自己的诗稿一一分赠给众人。

这一举动背后，是陈子昂满心的憋屈：想我陈子昂自幼苦读诗书，精心写就百卷诗文，怎奈我走遍长安城，却没有一人赏识我的才华。只有乐工才会用弹琴这种雕虫小技去娱乐众人，这样的事又怎么值得我去费心呢？

不得不说，陈子昂的营销策略非常成功，他的诗文得以在文人士子之间流传，他的才华也打动了当时的京兆司功王适。王适甚至评价陈子昂说："此子必为天下文宗矣。"

两年后，陈子昂考中了进士。武则天听闻其才学，召见问政，授予麟台正字；后来，陈子昂又因建言有功，被任命为右拾遗。所谓"拾遗"，就是为皇帝查漏补缺、匡正过失的官员，是个八品的言官。

陈子昂本以为，人生的新篇章正在面前徐徐展开，自己即将走向人生巅峰，实现辅国安邦的终极抱负。但他并不知道，命运早就给他挖好了一个坑。

要知道，言官可是一个最容易得罪人的职位，特别是在武则天当权的敏感时期。万一什么时候说了不该说的话，得罪了不该得罪的人，轻则贬官到千里之外，重则性命不保！因此，许多言官都恪守"谨言慎行"的原则，不求有功但求无过。

但陈子昂不同。这个一身正气的年轻人，时刻不忘言官的职责。王公重臣们有违反朝廷规矩的，他均要上书弹劾。甚至武则天本人的欠妥之处，他都敢言辞激烈地提出意见。

比如，在武则天打算提拔自己的侄子武攸宜做大将军时，陈子昂强烈反对。他上书说，武攸宜完全不懂军事，怎么能当大将军呢？要是换成别人，说不定就人头落地了，幸好武则天也欣赏陈子昂的才华，没有惩罚他。

然而，一次两次还好，时间久了，像陈子昂这么一个刚正不阿、耻于逢迎的人，终究还是把武则天得罪狠了。陈子昂以“逆党”之名，被送进了监狱，而满朝文武竟然没有一个人站出来为他抱不平。

没过多久，契丹起兵反叛大唐，并攻陷了营州（今辽宁朝阳）。武则天令建安王武攸宜率军讨伐契丹，这才把陈子昂从大牢里提了出来，让他戴罪立功，在武攸宜手下担任随军参谋。

但正如陈子昂上书所说的那样，武攸宜毫无军事才能。由于他的轻率和无能，刚和契丹交手，前军就溃不成军。陈子昂恨铁不成钢，干脆自告奋勇，到武攸宜面前“乞分麾下两万人以为前驱”。结果武攸宜以为陈子昂是来嘲讽自己的，恼羞成怒，将他从中军帐里轰出，贬为最低级的军曹。陈子昂只能满怀悲愤地看着主帅无能，三军败退。徒有杀敌之心，却无回天之力。

正是这一天，神情萧索的陈子昂信马由缰，来到了不远处的幽州台。矗立在面前的这座古朴的高台，关于它的往昔，自然地浮现在陈子昂的脑海中。

那一年，弱小的燕国被强邻齐国侵略，毫无还手之力，面临亡国之难。为了救亡图存、光复故土，燕昭王励精图治，广纳贤才。他不仅留下了“千金买马骨”的美名，还专门修筑了一座黄金台，以表达自己求贤如渴的心情。

最终，乐毅、邹衍、剧辛等一大批贤才来到燕国，而燕昭王正是在他们的辅佐下，打败不可一世的齐国，收复了所有的失地。燕国在这一战中打出了威风、打出了血性，成为屹立在中原北方的一个强国。

燕昭王当年修筑的那座黄金台，正是陈子昂眼前的幽州台。

此刻，他登上残破不堪的幽州台，极目远眺，滚滚浓烟如同一条黑龙般升腾而起，那里是刚被契丹军队攻破的城池；抬头仰视，片片白云如同古老的画卷舒展开来，记录着昔日燕赵大地上的慷慨悲歌。

陈子昂站在幽州台上，任由猎猎朔风吹拂着衣襟，此刻，他的思绪早已驰骋在千年的时空中。

当年，求贤若渴的燕昭王正是在这座高台上，与慕名而来的贤士谋臣们推心置腹，共谋大业。

自燕昭王死后，再也没有像他那样爱惜人才的圣明君王了，而回首来时之路，也没有能与自己同行之人。茫茫天地之间，只余下眼前这座孤零零的黄金台以及同样孤零零的自己。

都说北国的朔风最为凄寒，此刻陈子昂的心境却更为悲凉。一股刺骨的寒气从他脚下升腾而上，又被心头的热血一浇，一字一字铸成一首流芳百世的《登幽州台歌》。

这首诗并没有堆积华丽的辞藻。它被称为“诗骨”，纯以气势取胜。诗中充满慷慨雄浑的气概，这气概上承魏晋风骨，下启盛唐气象，具有一种摄人心魄的阳刚之美。

韩愈评价陈子昂说，“国朝盛文章，子昂始高蹈”，也就是说，正是从陈子昂开始，唐代的诗文才一扫之前的小家子气，变得开阔昂扬、富有盛世气象了。

陈子昂这首诗,与屈原在《楚辞·远游》中所写的“惟天地之无穷兮，哀人生之长勤。往者余弗及兮，来者吾不闻”等诗句有异曲同工之妙，而且这首诗的句式也采取了长短参错的楚辞体句法。然而《登幽州台歌》的整体意境更为凝滞悲涩、苍茫遒劲。全诗虽然只有短短四句，却极尽怀古之意，无论是此前还是之后的怀古诗，单从境界上说，无一能出其右。

诗的前两句“前不见古人，后不见来者”，用极为粗犷的笔触勾勒出一幅浩渺空旷的宏大画卷。随后，陈子昂笔锋一转，以“念天地之悠悠”一句，将这天地间的大孤独、大寂寞展现在我们面前，让我们的思绪跟随他一起，飞往冥冥高空，化作天地间的一抹虚无。

正当我们全然忘我，彻底沉浸在这永恒的时空当中时，陈子昂却又荡开一笔——“独怆然而涕下”。此句如同点诗眼一般，让整首诗神韵流转。

这首诗的前两句各有五字，其中包括三个停顿，音节比较急促，传达出陈子昂生不逢时、抑郁不平之气。而诗的后两句各增加了一个虚字，同时也多出一个停顿，使音节显得舒缓流畅，表达出陈子昂无可奈何、曼声长叹的情绪。全诗前后句长短不齐，音节抑扬变化、互相配合，更增强了诗的艺术感染力。

陈子昂在登临之际，睹物思情，心底有千言万语想要倾诉，但到了喉间，却又化作一声喟叹。短短二十余字，似乎什么都没有说，但又似乎说尽了一切。千年以降，英风犹存！

延展阅读

感遇诗三十八首·其十九　陈子昂

圣人不利己，忧济在元元。
黄屋非尧意，瑶台安可论？
吾闻西方化，清净道弥敦。
奈何穷金玉，雕刻以为尊？
云构山林尽，瑶图珠翠烦。
鬼工尚未可，人力安能存？
夸愚适增累，矜智道逾昏。

燕昭王　　陈子昂

南登碣石馆，遥望黄金台。
丘陵尽乔木，昭王安在哉？
霸图今已矣，驱马复归来。

李白登临凤凰台，怀古言志长喟叹

登金陵凤凰台

李白

凤凰台上凤凰游，凤去台空江自流。

吴宫花草埋幽径，晋代衣冠成古丘。

三山半落青天外，二水中分白鹭洲。

总为浮云能蔽日，长安不见使人愁。

古人对于祥瑞之物充满了非一般的热情。从下面的一段故事中，我们便能见出一二。南朝宋文帝元嘉十六年的某天，不知从何方飞来了三只叫声悦耳、五彩斑斓的神鸟。它们在空中飞了许久，想来是飞得累了，需要找一个落脚的地点歇息，便飞到建康永昌里的王家宅院中，整整齐齐地栖在院落里的一棵李树上。在阳光的照耀下，这些神鸟的羽毛放射出耀眼光芒，甚是好看。更神奇的是，随着这些神鸟到来的，还有众多其他鸟群。它们簇拥着三只神鸟，构成了一幅绚丽、壮观的百鸟朝凤图。

人们呆呆地看着这些类似孔雀，但又不像孔雀那样会开屏的生物，发出一阵阵赞叹。出现这一祥瑞奇观后，永昌里从此更名为凤凰里；人们又在此处山丘上兴建楼台，便有了凤凰台。当然，凤凰这种神异的灵鸟只能出现在神话故事里。不过，六朝古都金陵的繁华，却是的的确确存在的。据说，这凤凰台位于凤凰山上，《江南通志》记载，凤凰台“犹有陂陀，尚可登览”。可见，这是一处可以饱览绝佳景色的地方。

但是，当唐代大诗人李白登临此处、极目远眺时，当年胜景早已不复存在，就连凤凰台也只剩下了一个土坡。展现在李白眼前的，只有空荡荡的山丘以及依旧东流的长江。天地悠悠，江水滚滚，昔日繁华不再，此时只有一个不得志的诗人在伤怀。

作为怀古诗中的名篇，李白的这首《登金陵凤凰台》不仅具有极高的文学艺术价值，而且还留下了一桩“千古之谜”——关于《登金陵凤凰台》这首诗的创作背景，历来众说纷纭。

有一种说法是，恃才傲物的李白本想在朝廷中大展拳脚，不想奸臣当道，李白不仅没有实现个人理想，反而碰了大钉子，由于在天宝三载受到排挤，他最终不得不带着唐玄宗的赏金，灰头土脸地离开长安。这意味着盛唐的高堂之上再无李白的容身之地。无法实现个人的理想抱负，这对于自视甚高的李白而言，无疑是一个巨大打击。心情郁闷的他南游金陵，望着眼前的古迹凤凰台，内心无限感慨，因而挥毫写下这不朽的诗篇。

另一种说法则是，李白与好友杜甫共游黄鹤楼时，被眼前美景吸引，正要提笔作诗，却见得同时代的诗人崔颢早有题诗一首。李白读罢崔颢的《黄鹤楼》，连连说道“妙绝”，便搁笔不写。可心有不甘的李白，依然想找个机会，与崔颢比个高下。直到来到金陵凤凰台，李白才终于写出堪与崔颢的《黄鹤楼》相媲美的诗篇。

从此，中国古代文学史上便有了怀古诗双璧——崔颢的《黄鹤楼》和李白的《登金陵凤凰台》。李白的个人创作，以乐府、歌行和绝句这些体裁见长，而这首诗则是为数不多的七言律诗。但正是这首《登金陵凤凰台》让我们看到了飘逸浪漫的李白，还有这样一种深沉悠远的文人情怀。

那么，李白在这首诗中到底写了些什么呢？他又表达了怎样的情感呢？我们不妨回到文本之中一探究竟。

传说那雄伟高耸的凤凰台上，曾经有神鸟凤凰来此悠游，可是如今，凤凰早已远去，楼台空空荡荡，唯有那长江水依旧滚滚东流。

孙权建都时兴建的吴宫之中，那些鲜花芳草掩埋着幽深的小径；多少显赫一时的晋代王族，早已埋入长满野草的坟冢之中。南北相连的三座山峰在云雾中隐约出现，那朦朦胧胧的样子如同落在青天之外；逝去的江水被白鹭洲一分为二，成为两条河流。奸臣当道就好比浮云蔽日，遮住了光明，带来了黑暗，而我在这个遥远的地方，即便登上高台，依然望不见那长安城，这使我心中无比惆怅。

凤凰是一种神鸟，百鸟朝凤是一种祥瑞。然而，这些不过是古时候的传说而已，并非现实中的真实存在。李白在这首怀古诗中，以神话传说中的神鸟祥瑞入诗，一显其浪漫主义的底色。尽管李白提笔抒写便以虚幻之物起兴，可他笔锋一转，便将传说中的神鸟凤凰，无缝衔接在眼前现实存在的凤凰台之上。

神鸟凤凰早已飞去，可眼前的高台仍在。李白远望着目力所及的一切，他的思绪飘向了历史的纵深处。从三国时期那富丽辉煌的吴宫，再到风流倜傥的晋代富贵王族，不论多么煊赫、多么尊贵，到头来也不过是荒草一堆、黄土一抔。颔联这两句看似近于历史虚无主义，但在当时人生失意的李白看来，所有功名繁华真的不过是昙花一现，无论是怎样的英雄人物，谁又能抵挡得住历史的洪流呢？芸芸众生，在历史车轮的碾压下终究不过是一颗尘埃。

登临凤凰台的李白，本就心事重重，一个失意的人面对古今兴衰变化，心中岂能毫无波澜？目之所见，心之所感，落笔成诗，诗中不仅涌动着李白对历史变迁的喟叹，也流露出他对现实人生的清醒思考。连绵的山峰，远处的碧空，将江水一分为二的白鹭洲，这些眼前的景物，将李白那飘飞的思绪拉回到现实当下。如果说，朝代更迭、人世兴衰唤起了李白凭吊历史古迹的情感，那么那些山山水水自然景物，则撼动了他那颗充满绝望的心。

写下这首诗的时候，李白正值壮年，是盛唐诗坛最耀眼的人物。这位出生于西域，成长在巴蜀的天才诗人，被盛唐文化所孕育、所滋养。他既有豪迈超脱的性情，又具备传统文人的社会责任感。他自信具备过人才能，终其一生追寻着能够一展宏图的机会。“谈笑安黎元”“终与安社稷”，这是多少传统文人的价值目标，李白自然也将自己的人生理想定位于此。

可是，一心渴望建功立业的李白，怎么也不会想到，自己这条入仕之路却走得如此艰难、辛苦。年少的时候，李白游览壮丽山河，结识众多文朋诗友，也曾对自己的仕途产生过期待。他曾多次谒见安州裴长史，然而由于屡屡遭受谗言的诽谤，一直未受重视。即便李白上书为自己辩解，终究也无济于事。李白眼见谋求功名无望、报国无门，便开始自暴自弃。潦倒窘迫的他，终日用酒精麻痹自己。

或许是李白终于想开了，他觉得过一种读书、耕田、自给自足的隐居生活也不错，至少可以远离奸佞之人的陷害，暂时得以保全自己。但实际上，他并没有放弃自己的政治理想，而只是在等待另一个机会。当我们读到《明堂赋》这篇文章中的盛唐气象和李白本人的政治理想时，我们便知，李白心中的那团火并未完全熄灭。

可是他那过人的才学，终究没有在他仕途上有所助益。虽然他也曾入了翰林院，也曾以诗悦龙颜，可说到底，他只是个卑微的翰林待诏，况且在朝廷中屡受打击，哪里还有他的立足之地？

离开长安之后，李白向南方地区游走，最终到达了金陵，即现在的南京。他最初登上凤凰台时，心情沉重、思虑颇多，想到不论是神话传说中的神鸟凤凰，还是历史现实中存在的吴国宫殿和晋代士人，都不过转瞬消散如云烟，终究一切都留不住。

诗到此处，可以见出李白的情绪跌落低谷。可是眼前的壮阔景象，却将整首诗歌的意境陡然提升起来——岁月悠悠，与那些喧嚣浮华的世事相比，唯有大自然存留的时间稍稍长久一些。壮阔的景象与个体化的情感浑然一体、交融一片，李白构造出一种别样的时空艺术境界。李白在诗中表达出自然永恒的理念，也流露出他对短暂而过的浮华事物的憎恶。

李白有自己独特的情怀和过人的抱负，只是，在那个“浮云蔽日”的朝堂之上，他并没有展现才华的空间。既然如此，不如潇洒离去。作乱的奸臣，就像那遮蔽了日光的乌云。纵然乌云终会散去，日光重又再现，可人的青春华年毕竟有限，一个人可以大展宏图的时间，又能有几年呢？想到这些，李白如何不忧愁？心中的悲愤、忧愁，催生出了这首境界阔大、情感豪迈的诗作。我们不妨假设一下，如果李白留在朝廷，壮志得酬，或许就不会有这些流传千古的诗篇了。

因此说，坎坷多舛的命运对于诗人而言，或许也不是一种不幸。明代诗论家胡应麟在诗歌理论著作《诗薮》中评道“崔颢《黄鹤楼》、李白《凤凰台》……神韵超然，绝去斧凿”。李白的诗歌，用词用语天然而成，不事雕琢，流畅自然。在这首登临怀古之作中，李白传达出个体的独特感受，将历史典故、自然景象与个体情感交织在一处，意趣尤为深远。今人读来，犹能感受到他那片真挚的忧国情怀。

延展阅读

乌栖曲　李白

姑苏台上乌栖时，吴王宫里醉西施。

吴歌楚舞欢未毕，青山欲衔半边日。

银箭金壶漏水多，起看秋月坠江波。

东方渐高奈乐何！

夜泊牛渚怀古　李白

牛渚西江夜，青天无片云。
登舟望秋月，空忆谢将军。
余亦能高咏，斯人不可闻。
明朝挂帆席，枫叶落纷纷。

苏台览古　李白

旧苑荒台杨柳新，菱歌清唱不胜春。
只今惟有西江月，曾照吴王宫里人。

堂前燕飞入百姓家，刘梦得命犯桃花诗

乌衣巷

刘禹锡

朱雀桥边野草花，乌衣巷口夕阳斜。

旧时王谢堂前燕，飞入寻常百姓家。

怀古是感怀古人、古事，但其实还有一个潜台词，就是一切所思所感都立足当下。感怀者眼中的“古”都是透过“今”这个滤镜看到的，所有的感叹也都是因为当时的心境与历史发生了巧妙的关联。

中晚唐诗坛涌现出大量怀古名篇，不仅因为文学发展仍处于高峰，也有部分原因是盛唐的繁华不再，兴衰更迭肉眼可见，这样的落差深切地触动了诗人。

然而历史的轮回似有定数，永恒从未真实地存在过。往昔多少安富尊荣，最终都要落得荒草离离、夕阳斜照；一切的痕迹，也都会被时间洗刷净尽。目睹过由盛转衰的中晚唐诗人，不得不感慨沧海桑田、世事多变。

在《乌衣巷》中，“诗豪”刘禹锡描绘的正是这样一番令人伤感的情景：四百年前繁华喧嚣的朱雀桥，早已隐入历史的空寂，桥边杂草野花丛生；从六朝就开始闻名遐迩的乌衣巷，曾经车水马龙、衣冠来往，如今只剩残垣破壁。冬去春来，迁徙归巢的燕子翻飞如昨，只是它们曾经筑巢的高门大户，早已成了寻常百姓的居所。

此时的刘禹锡，结束了贬谪生涯，像候鸟燕子一样，准备从南方调回祖籍洛阳。洛阳曾是唐朝东都，安史之乱时屡屡被叛军占领，刘家为了躲避战火来到了江南。

刘禹锡的家庭祖祖辈辈都是读圣贤书、入仕为官的人，父亲在江南的官职不高，但是对孩子的教育很严格。在这样的家庭环境中成长的刘禹锡，天资聪颖、勤奋好学，因为从小身体不好，他还认真研究过医药学，形成了尊重自然规律、不信牛鬼蛇神的思想倾向；不仅如此，他为人谦和有礼，非常擅长与人打交道，十九岁到长安城广交贤士，很快就小有名气了。

二十二岁时，刘禹锡高中进士，几年后又参加博学宏词科的考试，顺利考上了朝廷的公务员。要知道，唐朝时候的进士可没有想象中那么好考，有唐一朝，只有六千多人考中，而通过博学宏词科考试的人，更是凤毛麟角。

入朝为官之后，智商、情商都在线的刘禹锡，很快就受到贵人赏识，在太子李诵的东宫做官，而他的好友王叔文，是太子面前的第一红人，春风得意不过如此。经过十年的打拼，刘禹锡晋升为监察御史。后来，柳宗元、韩愈也调入御史台，三位大文豪成为好友。

但是官场少有一帆风顺的，眼见着大展拳脚的机会来了，登高跌重也就是一转身的事儿。公元805年，刚刚即位的李诵命王叔文推行“永贞革新”，刘禹锡也被提拔为屯田员外郎，协助王叔文整顿管理财政，成为革新集团的核心力量。

刘禹锡满腔热血地投入革新事业中，憧憬着能干出一番事业。可是好景不长，才过了几个月，宦官俱文珍等就勾结大官僚逼迫因患风疾行动不便的李诵让位于被后世称为“中兴之主”的唐宪宗李纯。

或许因为政治诉求，在“永贞革新”的前期，王叔文一党，对还是太子的李纯大肆抨击，认为李纯德不配位。柳宗元甚至写了一篇《六逆论》，认为继承大统，没有什么高低贵贱之分。身为嫡子的人如果能力不行，也不一定能继承大统，因此庶出的皇子也不应该受到限制。这明摆着是把矛头指向了嫡长子李纯。

结果，李纯即位后，立即把永贞一党革职查办。只维持了一百多天的“永贞革新”失败了，柳宗元和刘禹锡等革新干将被贬出京师到外地担任司马，史称“八司马”。此时的刘禹锡三十四岁，前途亮起红灯，从意气风发到跌入谷底也不过半年。

十年后，唐宪宗召刘禹锡回京，刘禹锡听说玄都观里，有人种了桃树，“满观如红霞”，场面非常壮观，就凑热闹去赏桃花了，并且写下了一首诗，叫作《元和十年自朗州至京戏赠看花诸君子》。

紫陌红尘拂面来，无人不道看花回。

玄都观里桃千树，尽是刘郎去后栽。

长安城内的大道上行人车马川流不息，人们都在品评着刚刚欣赏过的桃花。然而他们不知道，玄都观里那千万棵桃树，均是在我刘郎离开长安之后栽的。

这首诗表面上写的是艳丽的桃花，实则讽刺那些在政治上越来越得意的新贵，不过都是在自己被贬之后得到的提拔罢了；而看花的人呢，都是那些趋炎附势、攀高结贵之徒，奔走权门就像赶着热闹去看桃花一样。

这首诗或许是刘禹锡内心情绪的宣泄，或许是他得以复职的得意忘形，又或许只是为了调笑一同游玩的好友。总之，这首诗在第一时间传到了刚刚宽恕他的皇帝耳中。结果，就在被召回的同一年，刘禹锡就又被赶到连州当刺史去了，就连柳宗元等友人也被牵连。就像坐过山车一样，以为熬出了头、有了希望，却在一瞬间又跌了回去。

这一跌，又是十年。公元826年，五十五岁的刘禹锡从来访的客人那里看到几首关于金陵城的诗，随即提笔写下了《金陵五题》，其中最著名的就是这首《乌衣巷》。

在三国时期，乌衣巷是东吴禁军的驻扎地。由于禁军官兵的军服是黑色的，所以百姓们就把此地称为“乌衣营”，久而久之，“乌衣巷”的名字就产生了。

到了东晋，乌衣巷这一带熙熙攘攘，车水马龙，东晋开国元勋、三朝元老王导，就曾在这里置屋建宅；王氏家族的荣耀持续了五朝，诞生了王羲之、王献之这样的大才子。王羲之的好友谢安也在这里住，他曾归隐山林，后来东山再起，在淝水之战中带领八万东晋精锐大胜号称八十余万（实则仅二十多万）的前秦军，谢家也就此进入全盛阶段。王、谢两大家族，在这里居住了百年，六朝历代都有族人参与重要政治事件，真可谓“一条乌衣巷，半部六朝史”。

可从东晋到中唐，四百多年过去了，乌衣巷早已不复当年的荣光。车马和访客早已销声匿迹，桥边的野花摇曳；没有了喧哗热闹的前景，太阳的东升西落都变得格外明显。每年来访的，只剩春天归来的飞燕。

凄凉的情绪，不觉涌上刘禹锡的心头，他感慨万千。朝代的更替、士族的兴衰尚且如此，自己这二十余年的颠沛流离又算得了什么呢？

借此，一幅荒芜却又平静的画面，浮现在从未涉足乌衣巷的他的脑中，化为文字，作成《乌衣巷》。

整首诗，看似浅显易懂，却暗藏深意。表面看来没有一丝情绪的表露，但万千感慨都隐于看似平常的景色之中。

“朱雀桥边野草花，乌衣巷口夕阳斜。”这里提到的朱雀桥，坐落在秦淮河上，河的南岸就是乌衣巷。从“朱雀桥”说开去，勾勒出“乌衣巷”所处的环境，在地理位置上非常真实；在字面上，“朱”和“乌”都是颜色，“雀”和“衣”都是物，“桥”和

“巷”都是建筑，可以说是偶对天成。

而“野草花”的“花”和“夕阳斜”的“斜”，历来有两种解释。其一是作为形容词，野草因为没有人修整而看上去斑驳交错，令人眼花，巷口无人穿梭夕阳得以斜下，点点晖光和朱雀桥、乌衣巷静寂的背景结合在一起，古桥古巷凄凉败落的景象不用点破，就浮现出来。另一种解释是作为动词，野草开花、夕阳斜下。荒凉的桥头，正是因为荒凉，野草丛才能长出小花。落寞的巷口，也正是因为落寞，斜阳才能肆意地挥洒。原本静寂的画面被赋予了缓慢沉重的动感，惨淡的景象也变得更加立体。

古人在表达自己的情怀时，常常化用典故。比如，李清照有词“东篱把酒黄昏后，有暗香盈袖”，“东篱”的意象正取自陶渊明的“采菊东篱下”；杜牧诗“商女不知亡国恨，隔江犹唱后庭花”里面的“后庭花”则取自陈后主的《玉树后庭花》。用典用得好，可以让读诗之人快速穿越回古代，简练地创造出丰富的意境。然而刘禹锡却没有这样做，他用了更加巧妙的方式。“旧时王谢堂前燕，飞入寻常百姓家”，不落窠臼地设计了一个“飞燕”的形象，先将读者的视角集中于此，然后镜头一转，让读者的思绪跟随着飞燕从古到今。

为什么说这个“堂前燕”的设计极具匠心呢？我们知道，燕子是候鸟，会随着季节变化而迁徙，而且它们还有栖息旧巢的习性，上一年飞走后第二年还会回到老地方生活。也就是说四百多年间，高门大户不复存在，乌衣巷住上了不知名的普通百姓，但每年春回之时，栖息于此的还是原来那一群燕子。于是，飞燕一不小心就成了历史变迁的见证者。

刘禹锡在写这首诗时没有用典故，这首诗反而成了典故。宋代词人周邦彦在《西河·金陵怀古》里，“想依稀、王谢邻里，燕子不知何世，入寻常、巷陌人家，相对如说兴亡，斜阳里”，就是化用了这句“旧时王谢堂前燕”。

其实周邦彦的这首词前面还有一句——“山围故国绕清江，髻鬟对起。怒涛寂寞打孤城，风樯遥度天际”，这一句化用了刘禹锡《金陵五题》中的第一首——《石头城》：

山围故国周遭在，潮打空城寂寞回。
淮水东边旧时月，夜深还过女墙来。

前两句“山围故国周遭在，潮打空城寂寞回”写景，四周的青山围绕着荒凉的故国遗迹，潮水拍打着废弃了的城墙，又默无声息地退了回来。后两句“淮水东边旧时月，夜深还过女墙来”，用清冷的月光和颓败的女墙进一步强调月色依旧，世事无常。

全诗四句，每句一景，分写山、潮、月、墙，合起来勾画出石头城群山寂静、潮水喧闹、月光清凉、女墙颓败的荒凉萧条之景，暗含着故国已去、人生难料的感伤。特别是“潮打空城寂寞回”这一句，被白居易称赞为“吾知后之诗人，不复措词矣”。

就在写完这组《金陵五题》的两年之后，刘禹锡再次被调入洛阳，任东都尚书。年逾五十的他，按说棱角也该被打磨圆滑了。但仿佛是一个轮回，他路过了玄都观，把因言获罪的戏码又演了一遍——写了一首《再游玄都观》嘲讽世事。

百亩庭中半是苔，桃花净尽菜花开。
种桃道士归何处？前度刘郎今又来。

前两句写景，十四年前开满桃花的玄都观，早已风景不再。百亩的地方有一半都覆盖着青苔。他借玄都观由盛而衰的荒凉景色，影射自己贬谪期间，朝廷人事变动不断；后两句更是轻蔑地嘲笑道，当时的权贵都去哪儿了？还不是不见了踪影。而被你们打压了二十多年的刘郎，又回来了！

如果说第一首桃花诗，是刘禹锡得意忘形之作，那么这一首《再游玄都观》，则彻底表明了他的志向，用自己的绵薄之力继续和这个世界抗争。

前后两次游玄都观，写桃花诗，刘禹锡狂放而随心所欲的性格表露无遗，他并不想取悦别人，而是要依照自己的感受活着。

晚年的刘禹锡对功名再无执着，谋了个闲职，定居在洛阳，整日跟朋友白居易、裴度、韦庄等人一起郊游赋诗，唱和对吟，生活十分闲适。此时的刘禹锡与白居易唱和颇多，二人并称“刘白”。而他身上的功过荣辱，终于随着时光流逝，越走越远，消散不见了……

延展阅读

蜀先主庙　刘禹锡

天地英雄气，千秋尚凛然。

势分三足鼎，业复五铢钱。

得相能开国，生儿不象贤。

凄凉蜀故妓，来舞魏宫前。

金陵怀古 刘禹锡

潮满冶城渚，日斜征虏亭。
蔡洲新草绿，幕府旧烟青。
兴废由人事，山川空地形。
后庭花一曲，幽怨不堪听。

夜半虚席宣室问鬼神，怀才不遇义山叹贾谊

贾生

李商隐

宣室求贤访逐臣，贾生才调更无伦。

可怜夜半虚前席，不问苍生问鬼神。

中国人喜欢念旧，但是念旧的方式不太相同。怀古咏史，借历史抒发自己的情感，或表达忠君爱国的志向，或抒发壮志难酬之胸臆，或感慨世事变迁、物是人非的无常，就是古代文人念旧的一大方式。

在文学上，“怀古”和“咏史”略有不同，这里我们不去细究。但是你一定可以很清楚地感受到，有的诗词时空观宏大，道尽人世无常、朝代兴衰，比方说苏轼看到赤壁吟道“大江东去，浪淘尽”，于是感叹“人生如梦，一尊还酹江月”。

有的诗词，从小处着笔、就事论事，诗人会对历史人物的功过荣辱给出自己的判断，用来比拟自身处境，或针砭时弊，或讽喻自苦。比方说，杜甫途经成都武侯祠，感慨诸葛亮“出师未捷身先死”，于是潸然泪下，叹惋之情不言而喻。

不会有人凭空咏史，不过是借咏史而感今，其中最常见的就

是感慨自己的怀才不遇。怀才不遇是古往今来最让中国知识分子痛苦的事。人的才华，就像火焰，只要被点燃，就会能量喷发，光芒万丈，直至油尽灯枯；相反，如果受到压制、阻挠，则可能黯然消沉、籍籍无名。

有史以来，人们对才华和机遇有两种截然不同的看法：一种认为，是金子总会发光，被埋没的往往是自身还不够亮；而另一种则认为，才华和机遇并非必然相关，就像千里马和伯乐一样，如果上有昏君下有奸臣，那么踏入仕途的有才之士反而会走投无路。

黑暗世道中的怀才不遇，固然可悲，但更可悲的是明明身处太平盛世，皇帝圣明贤德，自身才华横溢却依然不被重用。汉朝的贾谊就是这样一位文人。因才能过于突出，二十出头、仅仅从政一年的贾谊，就写下了气势磅礴的《过秦论》，详尽分析了秦朝统一中国及灭亡的原因，开了古文中史论的先河。贾谊文采过人，政见独到，年轻有为，堪称旷世栋梁。汉文帝破格提拔他为太中大夫。

期间，贾谊又在政治制度和经济发展上有新的建树。面对这样一个有独到政治见解的年轻人，汉文帝自然想再次提拔他，但是此举激起了朝中元老重臣的不满，他们诽谤贾谊把持权力、独断专行。

虽然汉文帝知道贾谊没有犯任何错，但他遇到一个难题：到底是才干优先，还是资历优先呢？那时，汉文帝登基不久，还需要有资历的大臣的拥戴，为了不寒他们的心，只好委屈贾谊，将他贬谪长沙。

贾谊到长沙之后，有一次路过湘水，想到和自己一样怀才不遇的屈原，写下了《吊屈原赋》。“国其莫吾知兮，子独壹郁其谁语？”举国上下都没有一个人了解我，我一个人独自忧愁抑郁又能跟谁说呢？这种境遇与屈原的“举世皆浊我独清，众人皆醉我独醒”，何其相似！因为两个人都才高气盛，而且都是忠于君王却无奈被贬，所以后来司马迁在撰写《史记》时，把不同时期的两人放在一起，合撰了一篇《屈原贾生列传》。

话说回来，好在汉文帝并没有忘记贾谊，还是召他回来当了自己小儿子梁怀王的太傅。贾谊的政治热情又一次被激发出来，上了《治安策》。该文围绕匈奴侵边、诸侯割据等问题提出治国方略，堪称“千古第一鸿文”。然而，命运再次和贾谊开了个大玩笑。四年后的一天，梁怀王进宫途中不幸坠马而亡。贾谊自责不已，不到一年就在抑郁中死去，时年三十三岁。

贾谊的遭遇比平常人的更让人心酸。是他没有才华吗？并不是，他师从荀子的弟子张苍，仅仅二十一岁就位列朝堂。他对诸侯势力扩大危及皇权有着独到的见解，汉文帝如采纳他的意见，或许就没有后来的七国之乱了。是他所处的时代容不下他吗？好像也不是，他入仕为官之时，历史的大幕正缓缓拉开。随后到来的文景之治，是历史上最著名的盛世之一。是帝王害怕功高盖主，或者是同僚嫉贤妒能吗？不是，他们是少有的明君和少有的国家栋梁。

如果要埋怨，那么贾生只能埋怨命运鬼使神差。这让他很快成为一面文化旗帜——代表了那些冥冥之中，注定怀才不遇的人。

从这一点出发，后世文人对贾生的遭遇有诸多评议。欧阳修在

《贾谊不至公卿论》中，将贾谊的悲剧归结为朝中老臣缺乏远见，不能理解他的超前观念。而苏轼的《贾谊论》则认为，贾谊大材小用是因为自身气量小，面对困境难以自处。

但就像我们之前讲过的，人们对于历史人物、历史事件的评判，往往基于自身境遇。比如说变法受阻、被迫辞官的王安石，他写的《贾生》是这样的："一时谋议略施行，谁道君王薄贾生？爵位自高言尽废，古来何啻万公卿。"王安石认为，贾谊的谋略在一段时间内还是被皇帝采纳施行了的，怎么能说君王薄待他了呢？历史上身居高位而言论被君王废弃不用的公卿，又何止千万。

王安石持有这样的观点，其实不难理解，因为他主持的变法虽然遭到群臣反对，但宋神宗力排众议地支持他，很多政令还是被推行了下去。王安石借贾谊的经历，就是想表达一种看开了的态度——尽管变法失败了，但有些政策得以落地，他仍然非常感激宋神宗的知遇之恩，也理解君王的难处。

李商隐与王安石的观点截然相反。他的七言绝句《贾生》，挑选了贾谊被召回京城与汉文帝促膝夜谈这样一个细节。据《史记·屈原贾生列传》记载，贾谊贬谪长沙三年后受到汉文帝召见，当时文帝坐在未央宫前殿正室里接受神的降福保佑，因感鬼神事而向贾谊问起鬼神的原本。贾生详细地讲解了之所以会有鬼神的种种情形，文帝听得很认真，不知不觉地向贾谊身边靠，还说：我很久不见贾生了，还以为我已经超过他了，现在看来还是不及他。

李商隐从小事着笔，为贾谊大材小用而惋惜，进一步把矛头指向封建统治者。“可怜夜半虚前席，不问苍生问鬼神。”无知的君王呵，表面上敬贤任贤，实质上求仙问道、荒怠政事。

到这里，你是不是会感到很奇怪呢？我们前面说过，汉文帝其实并不昏庸，如果单凭“问鬼神”一事，就对他大加嘲讽，好像很难让人信服。相比王安石，李商隐的观点虽然也有事实依据，但怎么听都像是在凭空抱怨。

要想理解李商隐为什么这么写，还得从他的政治生涯，特别是与“牛李两党”的恩怨情仇开始说起。须知，一切怀古咏史都是反映诗人当下心境的。

话说李商隐十几岁就开始为科举考试而奔波，幸运的是，他在年轻的时候,结交了后来的吏部尚书——令狐楚。令狐楚看上了李商隐的才华，不但把他接到家里和自己的儿子一起上学，还把自己的绝学——四六骈文，传授给李商隐。当时，骈文是政府文书的标准文体，李商隐得到当时骈文大师的亲传，加上勤奋好学，很快就写得一手好文章。

李商隐的文章好到什么程度呢？令狐楚的好朋友白居易，经常去令狐家饮酒作诗，常常能看到李商隐的佳作，他非常喜欢李商隐。有一次醉酒之后，白居易居然对李商隐说：如果我下辈子投胎，能做你李商隐的儿子，我就心满意足了。连白居易都这样说，可见李商隐的骈文写得有多好了。

单有文采还不行，想在唐朝考取进士，还要交游于文人名士之间。屡考不中的李商隐，在令狐父子的帮助下，也顺利过了关，终于在二十五岁的时候考中进士。

令狐楚是牛党的核心人物，李商隐是他的得意门生，自然被归为牛党一派；而且李商隐科举成功也与令狐父子提携有关，这更坐实了李商隐是牛党一派的事实。然而，就在李商隐高中进士，准备风风光光地开始进军官场之时，令狐楚病重，传信要见李商隐。

那李商隐是怎么做的呢？他没有直接去看病重的令狐楚，而是忙起了自己的婚事。原来，在庆祝高中进士的各种宴会上，李商隐认识了一个叫王茂元的人。王茂元早就听闻李商隐的才气，被李商隐的诗文深深折服，非要把自己的女儿嫁给他。

可问题是，王茂元是李党的骨干，牛李两党正在朝中明争暗斗，原本板上钉钉的牛党李商隐，如果选择结婚，相当于半只脚迈进了政敌的家门。最终，李商隐没有顾虑那么多，欣然应允了这门婚事，往来于长安和王茂元家所在地泾原两地。

这一忙结婚，就把看望令狐楚的事一再搁置，直到几个月后，令狐楚病危，李商隐才赶去。令狐楚死后，牛党对李商隐的忘恩负义深表遗憾，李党亦讨厌吃里爬外之人——可以说，这件事让他里外不是人。

很快，李商隐就为自己在两党之间的徘徊，付出了代价。在唐代，考中进士之后还要再通过吏部的考试，才能被授予官职。而就在授官复审这一关，李商隐被除名了。这让他正式做官的时间推迟了一年。等他第二年再考，就只能得到一个地方小官，而且在地方也处处被责难。

即便如此，李商隐也没有放弃重回中央机构任职的念头。公元842年，三十岁的他以书判拔萃复入秘书省为正字，命运似乎出现了一丝转机。

但是很快噩耗传来，李商隐的母亲去世了，他必须离职回家守孝三年。好巧不巧，岳父王茂元所在的李党此时正处在辉煌时期，而立之年的李商隐不得不错过这个仕途爬坡的好机会。等到他守孝结束，机会已经失去了。不久，岳父王茂元也病故，李商隐在朝中再也没有了依靠，官运一路低走，再无回转余地。

从此以后，李商隐都是在颠沛流离中度过的，每一次试图融入官场，都以失败而告终。李商隐一生从未做过高于六品的官，纵使他满腹才学，终究因为用错了方向而一生失意。

有才华的人阴差阳错就被埋没，有的时候，是因为不得不接受命运的摆布，就像在本应发光发热的关口，李商隐“三年丁忧”与“贾谊三年谪”，都是天降命运，实在不得已；而有的时候也与个人的选择有关，梁怀王坠马本是意外，贾谊偏偏为此抑郁而终，而李商隐的悲剧，又何尝不是在牛李两党之间的摇摆造成的呢？

说到这里，我们再回过头来看看李商隐的这首《贾生》。“宣室求贤访逐臣，贾生才调更无伦。可怜夜半虚前席，不问苍生问鬼神。”诗人正是借用贾谊才华错置的史实，来寄托自己怀才不遇的伤怀。

从诗的前两句来看，李商隐似乎在羡慕贾谊这样的才子终遇明主，抱负终于得以施展。汉文帝求贤若渴，亲自召回被放逐的贾谊；而贾谊虽然被流放蛮荒之地，但仍志存高远，终于拨云见日，熬到了被召入宫的时候。才子遇明君，千里马遇伯乐，马上要大展抱负，这岂不是世界上最美好的事？

第三句“可怜夜半虚前席”进一步描写君臣二人促膝长谈的动人情景。君侧耳倾听，臣娓娓道来，不知不觉间，在座席上慢慢地移膝靠近对方。如果没有“可怜”二字，前三句层层递进，帝王求贤、臣子献策的幻象似乎马上就要出现了。

但是“可怜”二字，却将这种幻象彻底打碎，把最美好的事情毁灭在眼前。如果“可怜”一词换成“可悲”，那可悲的是贾谊的真才实学始终未被朝廷所重用；如果换成“可叹”，可叹的是当朝天子不问政事，不顾民生；而“可怜”二字，看似轻描淡写，却让第三句的意思从对汉文帝的歌颂转为喟叹，讽刺意味呼之欲出。

第四句是点睛之笔，“旋转门”转了一圈又转回来了。本以为得到赏识可以入仕发挥才干，没想到兜兜转转又回到了门外。这一句点明“可怜”二字的原因是“不问苍生问鬼神”。君臣夜半倾谈，君王虚心下问，不是为寻治国安民之道，而只是请教鬼神之事。贾谊有旷世之才，却被视为巫师，可见皇帝的求贤爱才，只不过是个幌子罢了。

对李商隐而言，除了表达自己如贾谊一样怀才不遇，同样也是在暗讽大唐统治者不问民间疾苦的现状。其中情愫虽有些佶屈难懂，但画面感极强，诗人带领读者身临其境。全诗欲抑先扬，层层铺垫，寥寥四句七言，蕴含了诗人无限感慨，可谓李商隐怀古咏史的代表作。

延展阅读

咏史二首·其二　李商隐

历览前贤国与家，成由勤俭破由奢。
何须琥珀方为枕，岂得真珠始是车。
运去不逢青海马，力穷难拔蜀山蛇。
几人曾预南薰曲，终古苍梧哭翠华。

楚吟　李商隐

山上离宫宫上楼，楼前宫畔暮江流。
楚天长短黄昏雨，宋玉无愁亦自愁。

题汉祖庙　李商隐

乘运应须宅八荒，男儿安在恋池隍。
君王自起新丰后，项羽何曾在故乡。

将才杜牧流连水乡，东风不吹亡国曲响

泊秦淮

杜牧

烟笼寒水月笼沙，夜泊秦淮近酒家。
商女不知亡国恨，隔江犹唱后庭花。

赤壁

杜牧

折戟沉沙铁未销，自将磨洗认前朝。
东风不与周郎便，铜雀春深锁二乔。

我们回顾历史，评判各个朝代的兴衰变迁、议论古人的功过是非，大都是想从中总结规律、吸取教训。然而，历史真的有规律可循吗？每一个朝代灭亡之前，都会响起类似《后庭花》的挽歌吗？还是说，历史就是一个一个意外堆叠而成的，一阵东风、一场秋雨、从口袋里掉落的钥匙、恰好在打瞌睡的小兵……都有可能让历史的马车南辕北辙呢？

对于中晚唐来说，无论是政治还是文化，都在苦苦挣扎着。唐

宪宗虽然发奋有为、治国有方，收复了被各藩镇霸据多年的土地，但是国力衰微已是不可逆转。元和年间的中兴之势与贞观之治、开元盛世相比，相去甚远。

唐朝将会走向何方？会像六朝一样无可挽回地走向灭亡，还是会借一阵东风扶摇直上——这样的忧思牵动每一个晚唐诗人的心弦，杜牧就是其中之一。

杜牧出生在一个文臣武将辈出的家族。祖父杜佑是唐德宗、顺宗、宪宗三朝宰相，中唐时期声望极高的政治家和史学家。杜佑不仅政绩卓著、深得皇帝信赖，而且在学术上也颇有造诣：由他编纂的《通典》二百卷，在史学领域具有里程碑意义，直到今天依旧是学术研究的重要参考文献。

杜牧对自己的家世和祖父的成就感到非常自豪。他曾说，“我家公相家，剑佩尝丁当。旧第开朱门，长安城中央。”我出身公卿宰相之家，住在长安中心的高门大户中，家里人上朝身上的剑佩走起路来丁当作响。不仅如此，他家的藏书还非常丰富：“第中无一物，万卷书满堂。家集二百编，上下驰皇王。”意思是万卷书册堆满房间，自己家编写的典章制度通史有二百编之多，讲的都是如何实行帝王之道这种高大上的话题。对于文人来说，这是何等的荣耀！

这万卷书和二百编家集，确实值得炫耀。在祖父和父亲相继去世后，它们成了家族留给杜牧最宝贵的遗产，他掩盖不住的文采、文韬武略、对历史兴衰的独到观点，都深深根植其中。

杜牧十几岁的时候，已是一位翩翩公子，用“陌上人如玉，公子世无双”来形容，一点也不为过。他遍读经史，且关心时政，熟悉治乱之道，对军事也颇有研究。同时他的文笔更是精彩绝伦，二十出头，一篇《阿房宫赋》便让他名动洛阳。

《阿房宫赋》详细描写了阿房宫的华丽与宫内生活的奢靡，并且掷地有声地说道“灭六国者，六国也，非秦也。族秦者，秦也，非天下也”。杜牧的观点是，君王爱护子民，施政得当，方可万世而为君。只顾自己享乐，不思进取，最终必将落得国破家亡的下场。后人了解了这样的历史规律，要引以为戒，如果只是感叹而不做出改变，就只能重蹈覆辙，继续被后世感叹。

如此尖锐的分析，再加上杜牧精妙的文笔，很快便征服了太学博士吴武陵，也为杜牧开出了一条追随祖父生前成就的康庄大道……二十六岁时，杜牧进士及第，同年通过吏部考试被授弘文馆校书郎，试左武卫兵曹参军。这下子，算是拿到了入仕为官的入场券。

而此时的朝廷，却积弊甚多：只知道吃喝玩乐、大兴土木的唐敬宗李湛被宦官弑杀之事刚刚平息，朝廷又立刻陷入了旷日持久的“牛李党争”。这场党争不只进一步消耗了羸弱不堪的李唐王朝，也耽误了众多有志青年的前途。与杜牧并称“小李杜”的李商隐就因为站队不明确，而受到两党的排挤，终生郁郁不得志。

杜牧与李商隐不太一样，他的才华没有被埋没，反而受到党争双方的赏识。牛党的牛僧孺，曾招募他到自己的幕府任掌书记，后来又提拔他为监察御史；李党的李德裕，也认为他是奇才，并在多次党争中采纳杜牧的意见，最终大获全胜。

可是，在党同伐异的年代，一个有才华的年轻人，必须在敌对的两党中选择一个。与敌对党派的交集，哪怕已经过去很久，也会成为这个年轻人立场的污点，像杜牧这样，曾经在牛党手下当官的人，自然会被李党的人说三道四。杜牧很快就感受到了上司李德裕的排挤，内心十分怨恨，于是主动请求外放，离开京城，到地方当刺史去了。

其实，杜牧本来就不站队任何一方。他不凡的出身、饱读诗书沉淀下来的才情，都让他把自己定位为雄才大略之士。“君子忌党朋”，这种经世之才，怎么会为了钩心斗角而分心呢？而且，杜牧对政治权谋始终保持着批判的态度。出生于宰相之家的他，从小就没有迎合权贵的习惯，如今两党二选一还要表忠心，杜牧自然无法适应。

郁郁不得志的他，辗转来到了扬州，这可是唐朝最风雅的城市之一，文人骨子里的风流，让杜牧不可避免地坠进了温柔乡，饮酒宴游、结交红颜，过起了放浪形骸的生活。

可惜再多的热闹，也敌不过命运的荒凉，再加上官场的腐败……这些都让杜牧慢慢失去了信心。尤其是在震惊朝野的“甘露之变”后，杜牧的友人被牵连无数，杜牧真正开始正视自己和这个时代，“繁华事散逐香尘，流水无情草自春”；他也开始了对自己的反思，“十年一觉扬州梦，赢得青楼薄幸名”。

那日，一身素服的杜牧再次去了秦淮，夜晚的秦淮河在灯火阑珊之中，像是湿透了心的少女，纤柔中带着伤感。

就在这样的气氛中，杜牧一时间百感交集。这时，一曲绮艳轻荡的曲子从不远处的船上飘来……这样的靡靡之音，和时代的动荡格格不入。这些唱歌的女子，难道不知道国家的处境吗？一时间，杜牧感慨万千，挥笔写下了这首《泊秦淮》。

秦淮河是长江下游右岸支流，唐朝后才有了“秦淮河”这个名字，大部分河段在南京市内，可以说是南京的母亲河，也被称为“中国第一历史文化名河”。

这首《泊秦淮》一开头，便用“烟”“水”“月”“沙”几个字，勾勒出一片绝美的江景：月亮的光辉和水面上的轻烟，笼罩着寒水和白沙。这样的朦胧冷清，除了秦淮河畔，还会有别的地方吗？镜头拉近，原来诗人“夜泊秦淮”停靠在岸边的酒家，一语便点明了所处的地点，这里便是那些达官贵人流连忘返的地方，那繁华的景象，从始至终都没有变化。

重点和转折，就在“商女不知亡国恨，隔江犹唱后庭花”这两句。这里的“商女”指的是卖唱的歌女，是别人纸醉金迷生活的一部分。在她们的世界里，唱什么完全由他人来决定，曲调背后的含义则统统无关紧要。

最后一句中的“后庭花”，也是杜牧别出心裁的一个引入，它是《玉树后庭花》的简称，昔日的陈后主面对隋军的兵临城下，依然在后宫中寻欢作乐，还创作了这首曲子让宫女演唱。亡国后，这首曲子也成了靡靡之音、亡国之兆的典型意象，经常见于诗词文论。

“商女不知亡国恨，隔江犹唱后庭花”，看上去是在痛责歌女，实际上歌女哪有什么亡国之恨呢？在每一个朝代，她们都是被支配的阶层，亡不亡国对她们来说都一样。这里乃是一种曲笔，真正“不知亡国恨”的，是点歌听曲的王公贵胄、官僚豪绅。他们明知此曲背后的典故，但依旧沉迷于声色犬马；他们明知晚唐国祚已然衰微，但不能从亡国曲中听到一丝亡国之恨。

还记得前面说的《阿房宫赋》吗？“后人哀之而不鉴之，亦使后人而复哀后人也”。晚唐的当权者，如果只是将《后庭花》当作艳曲而不从中吸取教训，结果也会和陈后主一样。作为有才而难以施展的知识分子，杜牧对国家命运尚有一颗忧思之心，而那些有能力扭转乾坤的人，为什么无动于衷呢？！

杜牧不只是一个流落江南、忧国忧民的伤心客，也是一位军事理论达人。他曾为《孙子兵法》做过注解，在李德裕平定刘稹叛乱时，献过具体、有效的军事策略，帮朝廷打过胜仗。

《新唐书》中记载了这样一件事：在大唐和回鹘人的战争中，回鹘人战败逃走。杜牧对李党首领、当时的宰相李德裕说：“两汉讨伐胡人时，常常在秋冬两季，此时匈奴怀孕的母马不再哺乳，因此汉人打败仗的时候居多。如果在仲夏时节，调遣幽、并两州的骑兵和酒泉的兵力，出其不意地攻打他们，就能将他们一网打尽。”李德裕采用了杜牧的建议，结果和杜牧推测的一模一样，可见杜牧绝不是一个纸上谈兵的文人。

正是因为通晓军事在文人骚客中非常难得，所以杜牧关于历史战役的怀古诗，也就格外引人关注。

那年，杜牧经过赤壁这个著名的古战场，无意中看到一支没有被腐蚀的断戟，上面的铭文还依稀可见。本身就喜好军事的杜牧，立马研究起来，才知道这是三国时期赤壁之战的遗物。他突然感慨颇多，挥笔写下了《赤壁》。

“折戟沉沙铁未销，自将磨洗认前朝”点明了作诗的由头。杜牧在古战场捡到残戟之类生锈的兵器，洗干净后，认出了这是赤壁之战的遗物。杜牧因此感叹，“前朝”遗留的江山依旧风姿绰约，可那时的“英雄”却已经不在了，看着曾经的战场上留下的兵器，那场惊天动地的大战仿佛就在眼前。“折戟沉沙”这个词，也随着时间的流逝演变成一个成语，形容失败惨重。

诗中所说的赤壁之战，是三国鼎立的基础。在这场战役中，曹操大败，刘备和孙权才有了扩大自己实力的机会，而这场战役的关键人物，便是周瑜——是他促使孙权下定决心对抗曹操，也是他最终带领孙刘联军取得了战争的胜利。

第三句“东风不与周郎便”中的“东风”，是东南风的简称。彼时，曹军不擅水战，故将战船首尾相连，正是有如神助的东南风，让周瑜火烧连船的战术得以实现，最终大破曹军。在这里，杜牧没有正面去写东风如何助周瑜一臂之力，而是反其道而行之，开始假想：倘若没有东风相助，那么胜负可能逆转，没有辉煌战绩，没有青年英雄，整个历史或许都会因之改变。

历史如果有假设，那么改变当然会是巨大的。但落到笔尖，杜牧再次另辟蹊径。“铜雀春深锁二乔”——如果周瑜战败，“二乔”就会被曹操夺走，关在铜雀台中了。“二乔”指的是孙策的妻子大乔和周瑜的妻子小乔，两姐妹是三国时期东南著名的美女。这一句，英雄和美人的相互照映，把战争与国家权力、与民生社稷的关系影射出来，可以说隐晦而意境深远。

没有天赐的“东风”，就不会有赤壁之战的传奇，三国鼎立的局面也就不会形成，这是历史的偶然性。然而，赤壁之战的胜利，可以完全归结于偶然吗？恐怕也不尽然。

深谙兵法的杜牧，必然懂得天时地利人和缺一不可的道理。连一介文人，都能考虑到匈奴马匹哺乳期对战争的影响，久战沙场的一代英杰周瑜，难道会不去计算作战条件，完全把希望寄托于天赐的季风吗？这恰好说明，历史的偶然性中存在着一定的必然性。

而反观杜牧自身，出身望族，身怀文韬武略，年纪轻轻就能受到当朝权臣的赏识，可谓春风得意。若是按照常识，这样的人纵使不能青云直上，也不至于自断仕途、请求外放。然而，谁又能预见到，元和中兴之际，“牛李党争”竟然会让李唐深陷泥潭，原本可以建功立业的杜牧只能无奈地聆听后庭挽歌。如果从这个角度来看，党争之于杜牧、李唐王朝，又何尝不是必然发展中的偶然因素？

延展阅读

过华清宫绝句三首　杜牧

其一

长安回望绣成堆，山顶千门次第开。
一骑红尘妃子笑，无人知是荔枝来。

其二

新丰绿树起黄埃，数骑渔阳探使回。
霓裳一曲千峰上，舞破中原始下来。

其三

万国笙歌醉太平，倚天楼殿月分明。
云中乱拍禄山舞，风过重峦下笑声。

题乌江亭　　杜牧

胜败兵家事不期，包羞忍耻是男儿。

江东子弟多才俊，卷土重来未可知。

题木兰庙　　杜牧

弯弓征战作男儿，梦里曾经与画眉。

几度思归还把酒，拂云堆上祝明妃。

第二章

望月

文化荒漠出宰相，海上明月寄相思

望月怀远

张九龄

海上生明月，天涯共此时。
情人怨遥夜，竟夕起相思。
灭烛怜光满，披衣觉露滋。
不堪盈手赠，还寝梦佳期。

“今人不见古时月，今月曾经照古人。”我们虽然与古人相隔久远，但斗转星移之间，却也有许多事物让我们与古人心意相通，比如，一碗杜康美酒、一轮天边明月，或是一首望月之诗。

中国的诗人对月亮有着极为特殊的情感，据统计，在《全唐诗》近五万首诗里，关于月亮的诗就有五千多首，是诗歌当中最大的一个门类。因此曾有人笑称，如果一个诗人从来没有写过一首望月之诗，那他就算不上是一个真正的诗人。

是啊，我们头顶上那轮穿越千年的明月，曾目睹过人世间的悲欢离合，也蕴含着轮回里的圆缺之道。千百年来，无数诗人寄情明月、望月抒怀，给我们留下了“欲上青天揽明月”的壮志豪情，留下了“明月松间照，清泉石上流”的恬静清雅，留下了“举杯邀明月，对影成三人”的孤寂落寞，留下了“此生此夜不长好，明月明年何处看”的拳拳忧思，也留下了“当时明月在，曾照彩云归”的幽怨深情。

然而，世间虽有无数关于望月的名诗佳句，但我们却始终绕不过一个人一首诗。因此有人感慨说：“为人不识张曲江，看遍明月亦枉然。”

曲江，是韶州的一个地名，也就是今天的广东韶关。古人对那些取得极大成就、拥有极高名望的人，多会以其郡望，也就是这个人的故乡相称。例如，唐宋八大家中的韩愈郡望昌黎，柳宗元祖籍河东，因此后人分别称他们为韩昌黎、柳河东。

那张曲江是谁？大唐名相张九龄是也！

清代思想家王夫之曾经评价张九龄：“当年唐室无双士，自古南天第一人！”为什么张九龄会得到这么高的评价呢？要知道，唐代的广东并不像今天这么繁华富裕。在当时，两广地区可是整个大唐帝国经济、文化最落后的地方，甚至是“蛮荒之地”的代名词。

如果说，当时江浙一带的学子，生活在名校林立，图书馆、博物馆样样齐全的大都市，那么两广地区学子面临的环境，别说名校了，有间像样的教室，教材不需要几个人共用，都算是谢天谢地了。

而张九龄正是来自这片“文化荒漠”。据说，在他高中进士的那一天，有好几个落榜者愤愤不平，声称本场考试必有猫腻，否则为什么会让一个来自广东的“南蛮”中举呢？

不过，区区流言蜚语，又岂能扰乱张九龄的一片赤子之心？对于他来说，进士及第只是一个传奇的开始。在他考中的第二年，当时的文坛领袖张说在贬官途中路过韶州，读到张九龄的文章，给了了很高的评价。后来，张九龄顺利通过吏部考试，成为秘书省校书郎。在职期间，恰逢唐玄宗李隆基亲自策问天下名士，张九龄再次稳定发挥，顺利升迁。

他虽然在政治生涯中，因为直言敢谏得罪过权贵，但承蒙玄宗李隆基、宰相张说的赏识和提拔，还是步步高升，成了一人之下、万人之上的宰相。不仅如此，张九龄身上还始终伴随着一种摄人心魄的风姿气度。据说，他去世后，但凡有人向唐玄宗推荐宰相人选，唐玄宗总要问上一句：“这个人的风度能比得上张九龄吗？”

张九龄得贵人赏识，也乐于提携后辈，这其中就包括王维和孟浩然。张九龄做宰相时，失意之中的王维送去一首题为《上张令公》的干谒诗，相当于现在的自荐信。张九龄读罢此诗，非常欣赏王维的才华，于是就向唐玄宗推荐了王维，很快，王维就被任命为中书省的右拾遗。

孟浩然虽然没有王维那么幸运，一生无缘仕途，但也因张九龄的赏识，有了施展才华的机会。

那时候年近五十的孟浩然仍然独自来往于襄阳、洛阳、吴越等地，过着寄情山水的闲散生活。他写了一首比《上张令公》更有名的干谒诗——《望洞庭湖赠张丞相》。此时的张九龄刚从宰相位置上退下来，便把他招揽到自己的幕府，也算是在孟浩然坎坷的求职路上点燃了一支蜡烛吧！

可以说，既善于打理政务，又乐于提携后辈的张九龄，是开元盛世的最后一抹绚丽光辉。在他身后，一抹自幽州而起的血色，为这灿烂的盛世镀上了一层不祥的色彩。从此，开元盛世便逐步转向了天宝之乱。

张九龄虽然堪称国之柱石、社稷良臣，但是，这位“诗人宰相”实在是太正直、太高洁了。因此，当遇到面厚心黑的权臣李林甫的时候，他在残酷的政治斗争中就难逃黯然落败的下场。

李林甫不学无术，颇有心机，做事阴险狡诈。他经常装作与别人促膝谈心，用花言巧语引诱对方说出自己曾犯过的错误。斩获情报的他一转身就跑到唐玄宗跟前打小报告。因此，朝中大臣评价他说：李公虽面有笑容，而肚中铸剑也。这也是“口蜜腹剑”这个成语的出处。

而李林甫最狡猾奸诈的地方就是他善于欺上。满朝大臣都知道他是个奸臣，只有唐玄宗一个人不知道，甚至还打算任命李林甫为副相，就在他为此事征求正相张九龄的意见的时候，张九龄冷冰冰地说：“宰相的好坏，关系到国家的前途命运。如果用人不当，国家就会遭殃。像李林甫这样寡德少才的人当宰相，我担心今后国家会因此而遭殃。”

结果，唐玄宗没有买账，李林甫怀恨在心。常言道，只有千日做贼，哪有千日防贼？在步步惊心的官场中，被这样一个奸佞小人惦记上，可不是一件好事！果不其然，没过几年，张九龄就在相位争夺战中，败给了以奸险善谀著称的李林甫，还被唐玄宗贬到了离长安城千里之遥的荆州去了。

张九龄的话并非危言耸听，唐玄宗很快就尝到了错误判断的苦果。张九龄在朝理政时，尚能直言劝谏，反对任用李林甫，预言安禄山“貌有反相，不杀必为后患”。贬官在野之后，他对奸人乱政也无能为力了。

虽然张九龄天生乐观、生性旷达，但无端被贬、目睹盛唐危机四伏，难免会有些心灰意冷。所幸，在这个凉薄的世界上，还有一剂可以排忧解闷的良方，那就是诗歌！于是，心中愤愤不平的张九龄，很快就写出十几首《感遇》，其中最有名的一首是这样写的：

兰叶春葳蕤，桂华秋皎洁。
欣欣此生意，自尔为佳节。
谁知林栖者，闻风坐相悦。
草木有本心，何求美人折！

这诗乍一读很有意境，但如果你联想到张九龄此刻的人生际遇，然后再多咂摸几遍，就不难发现，这首诗分明是傲骄的张九龄写给唐玄宗的。“草木有本心，何求美人折”这岂不是在说：我这么一个有才有德，像兰花一样高洁的名士，才不稀罕给你做宰相呢！

此诗一出，立马在文人圈传唱。当然，真正让张九龄流芳百世、成功跻身诗坛第一梯队的，却是另外一首诗。

那是一个凉风习习的秋夜，张九龄刚被贬官没多久，胸中抑郁，独自坐在窗前喝着闷酒。一轮明月缓缓从水中升起，一直升到高高的夜空中。张九龄不顾屋外寒露清冷，匆匆披上一件单衣，走出门外赏月。望着当空的皓月，他不由看得痴了：想必此刻，天下人共赏的都是这同一轮明月吧，但却不知当年的故人，此刻是否安好呢？念及此处，张九龄不由在院子里缓缓踱步，曼声长吟，作成《望月怀远》。

我们常说诗如其人，一个人所作的诗，必然要与他的身份相称。我们无法想象，一个皇帝会写出“欲济无舟楫，端居耻圣明”的诗句；我们无法想象，一个游侠会写出“妆罢低眉问夫婿，画眉深浅入时无”的诗句；我们无法想象，一个权臣会写出“今宵酒醒何处？杨柳岸，晓风残月”的诗句。

如果说，“大风起兮云飞扬，威加海内兮归故乡，安得猛士兮守四方”是帝王诗，“我自横刀向天笑，去留肝胆两昆仑”是英雄诗，那么这首《望月怀远》，就是一首宰相诗，在冲和雅正的诗句背后，隐隐传出黄钟大吕之声。

诗的首联“海上生明月，天涯共此时”颇具盛唐气象，张九龄将明月置于浩瀚苍茫的云海之间，在雄浑开阔的气象之下，蕴含着深沉幽远的情思。其实，对月寄相思的写法在古代颇为常见，南朝诗人谢庄就曾写过“隔千里兮共明月”的诗句，而后来的苏轼也有“但愿人长久，千里共婵娟”的佳句，其中蕴含的思念之情，与张九龄这两句诗有异曲同工之妙，这真可谓是“万里此情同皎洁”了。

颔联，张九龄突然笔锋一转，将百炼钢化作了绕指柔。“情人怨遥夜，竟夕起相思”，这轮自海上升起的明月，引发的是诗人心中不变的相思之情。句中的“竟夕”就是一整夜，诗人整个晚上都在思念远方的故人，以至辗转反侧、夜不成寐，无可奈何，只能去怪罪这让人无心睡眠的漫漫长夜了。

不知你有没有经历过相思之苦呢？若是用情至深的话，恐怕这一宿你都会辗转无眠。既然睡不着，不如出去走走，于是就有了颈联的“灭烛怜光满，披衣觉露滋”。诗人借着皎洁的月光，吹灭了桌上的蜡烛，披上单衣走出门外，浑然不觉衣衫已被清凉的露水打湿。

就这样，全诗寄托的思念之情，被一环一环地推上了最高潮：眼前所有的一切，都是诗人自己所见、所感、所思，有什么办法，能让远方的那个人感受到呢？于是尾联“不堪盈手赠，还寝梦佳期”就自然而然地出来了：这皎洁的月光，还有这清凉的露水，都无法捧到你面前，罢了罢了，还是回屋睡觉去吧，希望今夜你可以入我的梦，让我与你在梦中共诉衷肠。

当然，如果只是把这首《望月怀远》看作一首儿女情长的爱情诗，那就未免太小看张九龄了。

当年，三闾大夫屈原在《九章·思美人》中首创了一种象征手法。在这首长诗中，屈原把楚怀王比作一位美人，用爱情关系来比拟君臣关系。屈原试图用这种委婉曲折的表达方式，来寄托自己对君主的希冀，以求重新得到君王的眷顾，进而实现心中的政治理念。这种被称为“香草美人”的象征手法，后来就成了诗人们常用的一种艺术表现手法。

很显然，张九龄对这种手法并不陌生。前面我们说到，他曾在《感遇》诗中写过“草木有本心，何求美人折”，这句诗明显带有“香草美人”的象征寓意，用“草木”代指自己不俗的才能和高洁的品德，而用“美人”比喻远方的君王。那么，在这首《望月怀远》中，那位让诗人“竟夕起相思”的“情人”，是否也代表着张九龄对唐玄宗的希冀呢？

延展阅读

赋得自君之出矣　张九龄

自君之出矣，不复理残机。

思君如满月，夜夜减清辉。

秋夕望月　张九龄

清迥江城月，流光万里同。
所思如梦里，相望在庭中。
皎洁青苔露，萧条黄叶风。
含情不得语，频使桂华空。

张若虚传世诗二首，花月夜孤篇压全唐

春江花月夜

张若虚

春江潮水连海平，海上明月共潮生。
滟滟随波千万里，何处春江无月明！
江流宛转绕芳甸，月照花林皆似霰。
空里流霜不觉飞，汀上白沙看不见。
江天一色无纤尘，皎皎空中孤月轮。
江畔何人初见月？江月何年初照人？
人生代代无穷已，江月年年望相似。
不知江月待何人，但见长江送流水。
白云一片去悠悠，青枫浦上不胜愁。
谁家今夜扁舟子？何处相思明月楼？
可怜楼上月徘徊，应照离人妆镜台。
玉户帘中卷不去，捣衣砧上拂还来。
此时相望不相闻，愿逐月华流照君。
鸿雁长飞光不度，鱼龙潜跃水成文。
昨夜闲潭梦落花，可怜春半不还家。

江水流春去欲尽，江潭落月复西斜。
斜月沉沉藏海雾，碣石潇湘无限路。
不知乘月几人归，落月摇情满江树。

魏晋时期既是一个名士风流的时代，也是一个战乱频仍的时代，在那些生逢乱世的诗人眼中，人命如蝼蚁，倏忽而亡，与悠悠岁月比起来，简直不值一提。曹植说：“天地无终极，人命若朝霜。”阮籍也说：“人生若尘露，天道邈悠悠。”

这两位魏晋才子在不同时间、不同地点，发出了同样的感慨：天地悠悠，岁月漫漫，似乎永远没有穷尽，而人的生命却像清晨的霜露一样，很快就会化作虚无。这种人生苦短、及时行乐的心态，正是魏晋名士最真实的写照。

到了盛唐时期，国力强盛、万邦来朝，诗人的视角也随之一变，从感慨人生之苦短，变成追索天地之浩瀚。其中，有这样一首奇诗，它如同一枚盛开在夜晚的美丽昙花，一句一馨香、一字一清丽，袭人的香气在夜色里氤氲着，点缀着大唐王朝的那轮明月。

说到这里，不得不插一句。虽然我们常说“勤能补拙是良训，一分辛苦一分才”，但在写诗这件事上，还真不一定是这样。一个拙劣的诗人即使写出一万首诗，加起来也比不上一位天才诗人的“孤篇”。

那位拙劣的诗人，当然就是大名鼎鼎的“臭诗篓子”——乾隆皇帝了。这位皇帝虽然诗不咋样，但却乐此不疲。据统计，乾隆一生共写了四万多首诗，跟《全唐诗》两千多位诗人流传下来的诗差不多。然而这四万多首诗里，竟然没有一首能称得上是佳作。

相比之下，另外一位盛唐诗人简直就是天才了。这位诗人只有两首诗传世，但却被誉为“诗中的诗，顶峰上的顶峰”。更牛的是，在写月亮的唐诗里，其中一首甚至能力压李白、杜甫、王维这盛唐三巨头，成为当之无愧的诗魁。

这位天才诗人，就是与贺知章、包融、张旭并称为“吴中四士”的张若虚。张若虚这个人的生平和他的诗一样，横空出世、无迹可寻。遍查史料，关于他的记载只能找到一句：“张若虚，扬州人。兖州兵曹。与贺知章、张旭、包融，号吴中四士。诗二首。”

这里的“诗二首”，其中一首叫作《代答闺梦还》，是一首艳丽工整的闺怨诗；另一首就是我们非常熟悉的《春江花月夜》了。后者意象高绝、文辞优美，无论是写景、抒情还是探索哲理，都达到了极高的艺术水准，因而成为千古传诵的名篇，更享有“孤篇横绝全唐”的美誉。

如果说，把“海月”写得最绝的是张九龄的“海上生明月”，那么，把“江月”写绝了的，则是张若虚的《春江花月夜》。这首诗的全部意象都在它的标题中了——春、江、花、月、夜——这五种令人心驰神往的事物，构建了一个空灵而奇妙的艺术境界，也传达出诗人对时间空间的哲学思考，不愧是天才之作。

春风沉醉，花香两岸，皎皎的月华照耀着浩瀚的江水，而此时的张若虚正泛舟于春波之上。望着眼前浩渺无垠的长江，他不由诗兴大发，朗声吟出“春江潮水连海平，海上明月共潮生”，寥寥数语，就在我们眼前勾勒出一幅气象极其宏大的画面：江水是如此浩瀚，仿佛和那遥远的大海连在一起，这时，一轮明月从远方的水面上缓缓升起，随着涌动的潮水，出现在远方的天际。

“滟滟随波千万里，何处春江无月明！”月色静谧，碧波万顷，银白的月光与潋滟的波纹相映成趣，共同点缀着一江春水。

这时，一阵芬芳的香气远远袭来，张若虚扭头看去，原来九曲连环的江水环抱之处，尽是花林。

已是春深，只见两岸繁花点点，姹紫嫣红，洁白的月光洒在上面，仿佛给娇俏的花朵镀上了一层晶莹剔透的冰霜。张若虚被花香迷醉，不禁吟出“江流宛转绕芳甸，月照花林皆似霰”。

紧接着，张若虚又将目光投在了天边的明月上。正是那皎洁明亮的月光，将白日里那个俗尘浮世洗涤干净，才创造出眼前这个清雅而美妙的世界。此刻，天地清明澄澈，春夜幽美恬静，世间万物被月光笼罩着，看起来亦真亦幻，眼前的美景，让张若虚生出了“空里流霜不觉飞，汀上白沙看不见”的感慨。

沉醉在美景中的张若虚，还不忘探索人生的哲理与宇宙的奥秘。面对江月，他不禁发出了千古一问：“江畔何人初见月？江月何年初照人？”究竟是谁第一个站在繁花似锦的江畔，看到皎洁明亮的月亮呢？而这轮明月又是从何年何月开始把皎洁无瑕的月光洒向人间的呢？

这注定是一个无解的问题，但张若虚显然已经找到了自己的答案：“人生代代无穷已，江月年年只相似。”虽然个体的生命如流星一般短暂，但整个人类的历史却是绵延悠长的，正因如此，“代代无穷已”的人生，才得以和“年年只相似”的明月产生了交集。而这两句也为全诗奠定了“哀而不伤”的基调。

“不知江月待何人，但见长江送流水。”江月年年映照着大地，似乎在等待着谁，但又永远不能如愿。眼前流逝的江水，一路朝着大海奔涌而去，永不回首。江月有恨，流水无情，张若虚心中的诗情也因之达到了最高潮。

如果说这首诗的前半部分写的是眼前的自然之景，并由此出发，追索天地之理，那么从这一句开始，张若虚就借着“待何人”三字，笔锋一转，毫无凝滞地从自然之景转向了人间之情。

“白云一片去悠悠，青枫浦上不胜愁。谁家今夜扁舟子？何处相思明月楼？”这四句诗写的是闺中思妇与江上游子之间的思念之情。江月有情亦有恨，江水无情亦有情。悠悠白云飘忽而去，站在明月楼上的姑娘愁绪满怀，自己牵挂的郎君离家在外，只留下孤单的自己，整夜在寂寞的高楼上独自徘徊。

这句诗化用了曹植的《七哀诗》：“明月照高楼，流光正徘徊。上有愁思妇，悲叹有余哀……”但相较之下，张若虚的诗句显然更加缱绻缠绵，充分表达出“一种相思，两地离愁”的情感，诗情荡漾，曲折有致，使人如临其境，感同身受。

接下来，张若虚继续挥笔写下“可怜楼上月徘徊，应照离人妆镜台。”很明显，这几句诗写的是这位姑娘对远方良人的思念之情。但妙就妙在，张若虚不直接写她心中的思念和眼中的泪光，反而借着天上的明月，来烘托她的思念之情。其中“徘徊”二字用得极为精妙，完全把月亮拟人化了。月亮为什么在楼上反复徘徊，不忍离去呢？是因为它怜悯这位忧伤的姑娘，想多陪伴她一会儿，把自己柔和的清辉洒在姑娘的梳妆台上，希望用月光消解她心中的寂寞。

多情的月色似乎扰乱了姑娘的心绪，她挥手想赶走月光，然而，“玉户帘中卷不去，捣衣砧上拂还来。”恼人的月光欲去还来，更映射出姑娘内心的愁绪和怅惘。

“此时相望不相闻，愿逐月华流照君。”月亮此刻同样照耀着远方的良人。虽然此时两个人共望着一轮明月，但苦于无法心意相通，只好借着明月，遥寄心中的相思之情。

“鸿雁长飞光不度，鱼龙潜跃水成文。”鸿雁飞得再远，也无法随着月光飞跃千山万水；鲤鱼游得再快，也无法随着涟漪游到良人身边。一向以传书为己任的大雁和鲤鱼，也无法替自己传递音书，这又在姑娘的心头平添几分愁闷。

接下来，张若虚转而去写那位良人。“昨夜闲潭梦落花，可怜春半不还家。江水流春去欲尽，江潭落月复西斜。”落花、春半、流春、落月，这些萧瑟的景色，更烘托出远方游子的思归之情。春光将尽，月色渐落，但离人依旧远隔天涯，不能还家！江水流春，江潭落月，更衬托出游子心中的凄苦和落寞。

“斜月沉沉藏海雾，碣石潇湘无限路。”海上生起了一阵浓重的雾气，就连月亮也被这雾气遮掩，使夜色愈发深沉。碣石矗立于河北、潇湘汇流于湖南，天南地北，永无见时，就像天各一方的夫妻一样。

最后，张若虚笔锋一收，化作绕梁余音："不知乘月几人归，落月摇情满江树。"是啊，古往今来，又有多少游子能衣锦还乡，与心爱的娇妻美眷长久团聚呢？思念之情不绝如缕，化为片片碎月，洒落在江边的花树上，也洒落在每一位读者的心上，余情袅袅，余音不绝。

《春江花月夜》最初是乐府诗名，相传是由那位荒淫无道的陈后主所创。身为中国历史上最荒唐的帝王之一，陈后主终日不思政务，却沉溺于声色犬马之中。但不可否认，陈后主确实有一些才华，他曾经创作过两个乐府诗题，一是《玉树后庭花》，一是《春江花月夜》，主要用来描写宫廷艳情，为后人开启了绮丽的想象之源。

但张若虚这首诗音律铿锵、境界开阔，体现出浓厚的宇宙之思。论及语言的婉丽、格调的婉转、意境的婉美，都带有一丝宫体诗的痕迹，但无论是从思想上还是艺术上，它都超越了宫体诗浮靡轻艳的风格，其境界和情怀更非宫体诗可比，因此被闻一多先生称赞是"宫体诗的救赎"。

全诗集诗情、画意、哲理为一体，营造出一种情、景、理水乳交融的幽美而邈远的意境，无怪乎清代文学大家王闿运评价这首诗是"孤篇横绝，竟为大家"。

诗中所描写的情境，宛如一幅清淡雅正的中国水墨画，零散的意象被月光串在一起，共同构成了一个充满人生哲理与生活情趣的诗歌形象。全诗布局精妙，紧扣春、江、花、月、夜这五种景象，其中“月”又是全诗的主线。月亮在这个春夜里，经历了从升起到落下的过程，而整首诗的情感也随之起伏波折，引人入胜。

这首《春江花月夜》的韵律和节奏也别具特色。全诗共三十六句，每四句一换韵，先是以平声庚韵起首，随后陆续换成仄声霰韵、平声真韵、仄声纸韵、平声尤韵、灰韵、文韵、麻韵，最后以仄声遇韵结束，共换九韵。平仄韵交杂，高低音相间，韵味的变化契合着诗情的起伏，让整首诗的节奏感既强烈又和谐，就如同一首一咏三叹的乐曲一样，回环反复、连绵不绝、悠扬顿挫、音律谐美。

在张若虚的生花妙笔之下，这首诗仿佛笼罩在一片轻灵而空幻的月色里，春江花月夜的美景和浩瀚宇宙的至高哲理，毫不违和地交融在一起，体现出一种“融合天地，贯通古今”的气象——难怪这首诗能够传诵至今，成为望月诗中的千古绝唱！

延展阅读

峨眉山月歌送蜀僧晏入中京　　李白

我在巴东三峡时，西看明月忆峨眉。
月出峨眉照沧海，与人万里长相随。
黄鹤楼前月华白，此中忽见峨眉客。
峨眉山月还送君，风吹西到长安陌。
长安大道横九天，峨眉山月照秦川。
黄金狮子乘高座，白玉麈尾谈重玄。
我似浮云殢吴越，君逢圣主游丹阙。
一振高名满帝都，归时还弄峨眉月。

月　杜甫

万里瞿唐月，春来六上弦。
时时开暗室，故故满青天。
爽合风襟静，高当泪脸悬。
南飞有乌鹊，夜久落江边。

江楼月　白居易

嘉陵江曲曲江池，明月虽同人别离。
一宵光景潜相忆，两地阴晴远不知。
谁料江边怀我夜，正当池畔望君时。
今朝共语方同悔，不解多情先寄诗。

谪仙李白壮志难酬，举杯邀月与影共舞

月下独酌

李白

花间一壶酒，独酌无相亲。
举杯邀明月，对影成三人。
月既不解饮，影徒随我身。
暂伴月将影，行乐须及春。
我歌月徘徊，我舞影零乱。
醒时同交欢，醉后各分散。
永结无情游，相期邈云汉。

月亮是诗人最好的朋友。一轮当空皓月，一壶绿蚁新酒，总会勾起诗人的无限情思。千百年来，人间有多少离别之苦痛、团聚之欢欣，月亮就有多少阴晴之未定、圆缺之变易。

月亮的阴晴圆缺，又会激发诗人心中的灵感，让他们挥笔写下流芳千古的诗句。扬鞭南指、踌躇满志的曹操看到月亮，写下“月明星稀，乌鹊南飞”；辞官之后被重新起用的王安石看到月亮，写下“春风又绿江南岸，明月何时照我还”；生性豁达、

心思细腻的苏轼看到月亮，写下“春宵一刻值千金，花有清香月有阴”。

古往今来，在众多诗人当中，有一个人与月亮的缘分格外深。在他流传至今的一千多首诗里，咏月诗的数量就超过了三百首。

他给月亮起了许多美丽动听的名字：玉盘、玉轮、玉镜……他还把自己的妹妹唤作“月圆”，给自己的女儿起名为“明月奴”——这个酷爱月亮的诗人，就是诗仙李白。

李白不仅爱极了月亮，还是一个好酒之人。杜甫在《饮中八仙歌》里这样写道：“李白斗酒诗百篇，长安市上酒家眠。”

看来，要想让咱们的诗仙写出名垂千古的诗作，先得让他把杯中的美酒喝够才行啊！

李白以饮酒、赏月著称，以至在民间传说中，他的死都跟月亮有关。北宋诗人梅尧臣在《采石月赠郭功甫》中记录了这个流传下来的版本，诗是这么写的：

采石月下闻谪仙，夜披锦袍坐钓船。
醉中爱月江底悬，以手弄月身翻然。
…………

说的是李白在采石矶附近的江上泛舟，喝醉了酒，看到水面上月亮的倒影，喜爱得不行，于是伸手下去捞月亮，结果失足落水而死。这种说法虽然没有什么依据，但是却把李白对酒、对月亮的喜爱，表现得淋漓尽致。

身为大唐诗坛的谪仙人，李白的文采和诗才无疑是第一流的。“酒入豪肠，七分酿成了月光，余下的三分啸成剑气。绣口一吐，就是半个盛唐”——说的是李白。“笔落惊风雨，诗成泣鬼神”——说的也是李白。

身为一个读书人，他有着官居宰辅、位极人臣的政治抱负。

他“五岁诵六甲，十岁观百家”“十五观奇书，作赋凌相如”，学富五车的他有“申管晏之谈，谋帝王之术”的志向。

他在给友人的文章中，毫不掩饰地诉说生平所愿：“奋其智能，愿为辅弼。使寰区大定，海县清一。”他要以自身大才，践宰相之位，使天下太平，国家统一。的确是豪气冲天，锋芒毕露。

现实虽然没有那么顺利，但也给足了李白机会。

四十出头的李白来到长安，凭借着好诗才和好酒量，很快便在京圈混出了名气，不到两年就直接来到皇帝身边。这期间还留下了一则逸事。

话说唐天宝元年（742），已是耄耋之年的贺知章初见李白，在读完《蜀道难》后，惊为天人，激动地称李白是被贬谪到人间的神仙。两人把酒言欢，不巧都没带钱，于是贺知章便把官员专属的金龟配饰解下来换酒招待李白。

能舍如此珍宝，只为跟李白喝酒，一来说明贺知章确实是位狂客，还非常赏识人才；二来也说明李白的诗才确实举世无双。

杜甫把这件事儿写进了诗里："昔年有狂客，号尔谪仙人。笔落惊风雨，诗成泣鬼神。声名从此大，汩没一朝伸。……"李白从此名震京师。

很快，贺知章向唐玄宗推荐李白，唐玄宗读过李白的诗后也很喜欢，于是特意聘请李白担任"翰林待诏"的职务。我们的主人公终于如愿以偿地进入了朝廷。

可是进入朝廷，并不等于有了"谋帝王之术"的机会。这个"翰林待诏"根本不是个正经的官职，说白了，就是给天子作诗撰文，陪圣上饮酒听曲儿的皇家御用文人罢了，压根儿就不能参与政事。可怜的李白本以为自己有希望一展抱负，却只被皇帝当成陪侍。

天不遂人愿，抑郁不平的李白只好终日豪饮，时常撒撒酒疯。

据说，饮酒吟诗到了兴头上，李白还让最有势力的大太监高力士给他脱靴，让宠妃杨玉环给他磨墨。这狂放的名声从朝廷传到民间。

李白放荡不羁的性格，招来了当权者的厌恶。果然，没过多久，唐玄宗就给了李白一个"此人固穷相""非廊庙器"的评价，说他没见过大世面，更当不了国之重臣。

这话说得也不无道理，换作是谁，也不敢对此等酒鬼委以重任。不久，唐玄宗找了个理由，赏赐了黄金，客客气气地把李白打发走了。

此后，李白变得非常消沉——他自信才华盖世，也是带着指点江山的野心来长安闯荡的。但是在长安、在朝廷，他没有得到期望的重用。

李白满腔悲愤无处倾诉，只好借酒消愁。

一天晚上，李白拿出一坛陈年佳酿，想好好喝上一顿，但从前一起喝酒谈心的老朋友，如今都天各一方，现在身边竟连个可以共饮的知己都没有，这可如何是好？

正当李白备感孤独的时候，突然看到天上皎洁的明月和地上黢黑的影子，心里一下就有了灵感，于是挥笔写下了这首流芳百世的《月下独酌》。

这首诗的核心其实就是一个“独”字。

诗的第一句就把主题点出来了，“花间一壶酒，独酌无相亲。”良辰美景，有花有酒，原本是一件雅事；只可惜没有三五知己陪伴，一个人喝闷酒岂不无聊！“花间”两个字，给人花团锦簇、环抱诗人的画面感，这就与“独酌”形成了鲜明的对比，让诗人内心的孤独感更加突出。

当然李白也不甘寂寞，没有人陪不要紧，他有想象力——“举杯邀明月，对影成三人”——我李白、头上的明月、地下的影子可不就三个人了吗？三个人凑成一桌，有说有笑，举杯共饮，场面一下子就热闹起来了。这一句里其实也有一个对比，对月当歌，须得仰头望月，有一种豪气；而与影子喝酒，不得不低头顾影自怜。在此，一仰一俯，一喜一忧，一外放一内敛，一豁达一悲哀，都交汇在酒中。

但遗憾的是，“月既不解饮，影徒随我身”——月亮远在天边，并不能真的坐下来共饮；而地上的影子也只是默默跟随，人怎么动它就怎么动。说到底，这月和影不懂酒，也不懂李白，只不过是一种寄托，根本无法诉衷肠。这就衬得李白更加孤独了。一腔寂寞无处排遣，再次突出一个“独”字。

但有这么两个不会喝酒、不会说话的伴侣，也总比没有好。“暂伴月将影，行乐须及春”，就让我在月亮和影子的陪伴之下，趁着春光烂漫之时，及时行乐，痛饮狂歌吧！

“我歌月徘徊，我舞影零乱。”看来，天上的月亮也被我的歌声感动了，要不然它为什么总是在我身边徘徊，久久不肯离去呢？而地下的影子也很喜欢我的歌声，要不然它为什么跳起舞来配合我的歌声呢？虽然影子的舞步很零乱，但不知为何，格外符合我此刻悲凉的心境啊！从月的徘徊，还可以看出时间的流逝。饮酒、狂舞、作诗……时间慢慢流逝，月亮都有了明显的位移。影子的凌乱，实际是对诗人自己放浪形骸的描写。

“醒时同交欢，醉后各分散。”月亮啊，影子啊，我们三个在喝酒之前，已经结为无话不谈的好朋友了；但天下没有不散的筵席，现在我们都喝醉了，也该各自分散啦！但我真是不舍得和你们分开，那怎么办呢？就让我们摆脱俗世的牵挂，约定一起飞到九天之上，好好游历一番吧——“永结无情游，相期邈云汉”。

最后这两句颇有庄子的意味。庄子说“吾所谓无情者，言人之不以好恶内伤其身，常因自然而不益生也”。道家的“无情”讲究顺其自然，不随意增添什么东西。李白要与月亮、与影子，相约在无垠的时空之中，这种约定不是对三者的束缚，而是尊重各自的运行轨迹。往后的日子，如果有缘再见那就是碰巧轨迹有了交集；如果碰不见，那么本来就是如此，不必徒增喜悲。

这首诗的情感跌宕起伏，文字率性自然，想象天马行空，用看似热闹的场景，烘托出李白内心的孤独，因此成为望月诗中的翘楚之作，千年流传不衰。

《月下独酌》其实是一组四首的组诗。这四首《月下独酌》气脉贯通，起承转合，层层推进，表现出李白从微醺到大醉的情绪变化：先是孤独，然后张狂，继而悲愤，最终彻底颓丧。

前面我们讲的这首诗，是组诗当中的第一首，也就是“起”的部分。讲的是李白为了排遣孤独，与明月和影子一起喝酒，直到醉意朦胧。

《月下独酌》的第二首是这样的：

天若不爱酒，酒星不在天。
地若不爱酒，地应无酒泉。
天地既爱酒，爱酒不愧天。
已闻清比圣，复道浊如贤。
贤圣既已饮，何必求神仙。

三杯通大道，一斗合自然。
但得酒中趣，勿为醒者传。

这首诗在组诗当中起到“承”的作用，从独自饮酒、醉意朦胧的消沉情绪，迅速转换到关于“酒”的话题，用很多美好高雅的字眼来赞美酒。

但如果你仔细品味，就会发现，这首诗其实有点像喝醉酒后的“大放厥词”，李白是在借着酒劲儿，发泄自己郁郁不得志的愤懑。

从“承”的部分继续发展下去，就到了“转”的部分，也就是整首组诗的高潮部分：

三月咸阳城，千花昼如锦。
谁能春独愁，对此径须饮。
穷通与修短，造化夙所禀。
一樽齐死生，万事固难审。
醉后失天地，兀然就孤枕。
不知有吾身，此乐最为甚。

三月的咸阳城春光大好，但李白却黯然独愁，惆怅之情与周围美好的春意格格不入，形成了强烈的对比。那怎么办呢？只能借酒浇愁，“醉后失天地，兀然就孤枕”了。

困厄显达、长寿短命都是个人的造化，万事万物哪有定论呢？还不如最后扎进枕头里，忘我之境最为快活了！

现在李白已经喝到忘我的地步，“不知有吾身，此乐最为甚”。那接下来就到了最后一部分，也就是“合”了：

穷愁千万端，美酒三百杯。
愁多酒虽少，酒倾愁不来。
所以知酒圣，酒酣心自开。
辞粟卧首阳，屡空饥颜回。
当代不乐饮，虚名安用哉。
蟹螯即金液，糟丘是蓬莱。
且须饮美酒，乘月醉高台。

前面的三首诗，都反映了李白在醉酒之后的情绪变化，或消沉，或张狂，或愤懑，总之情绪还有些波动。但到了这一首，李白的情绪突然一变，达到了最压抑、最内敛的程度。全诗笼罩着一层消极、出世的色彩，“且须饮美酒，乘月醉高台”。既然人间不得意，那就让我长醉不复醒吧，和月亮一起，躺在高高的楼台上，永远不要回到这让人悲伤失望的人间！

当然，诗仙毕竟是诗仙。李白与大多数人的不同之处在于，他虽然也有悲伤，也有孤独，但他的悲伤和孤独并不是向下沉的，而是飘逸向上的，是一种轻灵的、诗意的情绪。只有这样的人，才会产生如此奇妙的想法，邀请月亮和影子一同喝酒；也只有这样的人，才能写出“永结无情游，相期邈云汉”这样飘飘欲仙的诗句！

延展阅读

古朗月行　李白

小时不识月，呼作白玉盘。
又疑瑶台镜，飞在青云端。
仙人垂两足，桂树何团团。
白兔捣药成，问言与谁餐。
蟾蜍蚀圆影，大明夜已残。
羿昔落九乌，天人清且安。
阴精此沦惑，去去不足观。
忧来其如何，凄怆摧心肝。

把酒问月·故人贾淳令予问之　李白

青天有月来几时，我今停杯一问之。
人攀明月不可得，月行却与人相随。
皎如飞镜临丹阙，绿烟灭尽清辉发。
但见宵从海上来，宁知晓向云间没？
白兔捣药秋复春，嫦娥孤栖与谁邻？
今人不见古时月，今月曾经照古人。
古人今人若流水，共看明月皆如此。
唯愿当歌对酒时，月光长照金樽里。

诗圣杜甫念手足，起承转合见功底

月夜忆舍弟

杜甫

戍鼓断人行，边秋一雁声。

露从今夜白，月是故乡明。

有弟皆分散，无家问死生。

寄书长不达，况乃未休兵。

望月，可以怀远，也可以独酌。但是古代文人，还是最喜欢把思乡思亲之情寄托给明月。

有这么一位诗人，他的诗没有华丽的辞藻，也没有天马行空的想象，纯粹是靠深厚的内功取胜；他的诗被人们称为“诗史”，不仅反映现实社会的风貌，还时时流露出悲悯苍生的人文关怀。即便是望月思亲这样个人化的主题，他也能带着雄浑无匹的笔力，写得沉郁顿挫、情深意厚。他，就是“诗圣”杜甫。

我们一般说杜甫诗歌的风格是“沉郁顿挫”，一来是指诗风深沉、郁积，将个人情感与家国情怀融合在一起；二来是指韵律抑扬顿挫，情感表达含蓄而曲折。格律和形式上的美感，当然是来自他深厚的文字功底；文字背后的情感却与他一生的遭遇有关。

公元712年，杜甫出生在河南巩县。这个家族是京兆杜氏的一个分支，当时有句话叫“城南韦杜，去天尺五”，意思是说，住在长安城南的韦杜两家，离天也就只有一尺五寸，十分显贵。

虽然祖上显贵，但是到了杜甫，家道中落。祖父杜审言与武则天时期的宰相苏味道同列“文章四友”，很有才华，但是为人狂傲，得罪了不少人。

父亲杜闲也做官，但没什么成就。杜甫作为家里的长子，从小就在儒家思想的熏陶下，建立起忠、孝、悌、忍、善的人伦观念。

青年时期的杜甫，跟普通读书人一样，一边读书考功名，一边四处优游干谒名家，希望有朝一日致君尧舜、兼济天下；即便不能，最起码为四个弟弟一个妹妹做好表率，必要的时候还可以帮扶他们一下。

但是天不遂人愿，几次参加科考，都落了榜，拜访的名家也没帮上什么忙。

直到唐玄宗天宝十四载（755），已过不惑之年的杜甫才做了一个兵曹参军的小官儿，负责看管太子府上的兵器盔甲，也有一种说法是给太子的东宫当守卫。总而言之，就是一个看门的官儿，跟他“致君尧舜”的政治抱负相差太远。

上任后，杜甫干的第一件事就是写诗自嘲，于是就有了这首

《官定后戏赠》。诗是这样的：

不作河西尉，凄凉为折腰。
老夫怕趋走，率府且逍遥。
耽酒须微禄，狂歌托圣朝。
故山归兴尽，回首向风飙。

在这首诗里，杜甫说自己不愿为五斗米折腰，所以拒绝了朝廷委任的河西县尉的官职。

他回首过去经历过的那些风暴，感叹不已，而眼下已经没有了回到家乡的兴致。能在右卫率府混个闲职，不用四处奔波，反而逍遥自在。

杜甫没逍遥多久，就在同一年秋天，安史之乱爆发了。安禄山的叛军主力从范阳南下，攻陷汴州，西进洛阳，唐王朝的大半疆域都被战火笼罩着。

在一片兵荒马乱中，杜甫辞官，辗转逃亡到秦州，而他和弟弟妹妹却在战乱中失散。秦州就是今天的甘肃天水，位于大唐帝国的边陲。内乱爆发之后，戍楼时常响起鼓声，宣告宵禁开始。

这一天，正值白露节气。夜晚，清冷的月光洒满大地。杜甫躺在床上辗转反侧，久久不能入睡，于是披上衣服走到院里。

头上明月高悬，脚边寒露湿衣。面对此情此景，杜甫不由痴了，等他清醒过来，已然泪流满面。用力抹了一把眼睛，杜甫快步走回屋内，提起一支秃笔，写下了这首饱含悲戚之情的《月夜忆舍弟》。

这首五言律诗结构严谨，情感深沉，乃上乘之作，清人吴瞻泰在《杜诗提要》中这样评价它："此情至之诗，而起承转结，八面玲珑，则又法无不备也。"

诗的首联"戍鼓断人行，边秋一雁声"，从声音起笔，开篇就烘托出了边塞秋天的萧瑟荒凉。

戍鼓，是边防瞭望楼上用来报时或报警的鼓。作为边防独有的声音，戍鼓声一响，宵禁开始，大街上就空无一人了。

街上虽然空无一人，边塞的天际线上却有北雁南归，留下声声哀鸣。这两种声音一近一远，一地上一天空，一人为之景观一自然之规律，合在一起，把边塞之秋的轮廓勾勒出来了。

这种写法，是古典诗歌中的"起兴"，即"先言他物，以引起所言之物也"。简单来说，这首诗要写"月夜忆舍弟"，先不写月色，也不写兄弟，而是从大环境入手，把整个画卷展开，再娓娓道来。

杜甫可是"诗圣"啊，如果简单地认为这两句起兴就只是为了烘托气氛、交代背景，那可就太小瞧他了！

首联这两句其实还有深意。这话怎么讲呢？古代常用"雁行"或"雁序"来代指兄弟，空中传来的凄厉的雁鸣，自然勾起了杜甫对兄弟离散的无限感伤；"断人行"这三个字，更是暗示了兄弟离散的原因，也就是李唐中期战事频仍、百姓生活处处受阻这样的社会环境。

如此一来，诗人周遭的环境、整个时代的社会氛围都写到了，“月夜忆舍弟”的情谊，也从一开始就做好了充足的铺垫。

我们说“起、承、转、合”，首联起兴，可以先言他物；但颔联起承接作用，就必须要注意与题目之关合了。诗圣不负众望，紧接着就给了一个千古名句——“露从今夜白，月是故乡明。”

古人以四时配五行，秋天属金，而金色白，所以秋天的露水也称为白露，这就是二十四节气中“白露”的由来。从这一天开始，暑热渐渐退去，天高云淡，夜间会有丝丝寒意。

话虽这么说，但是白露时节毕竟不是一个临界点，它不像春分、秋分，到了这两天，太阳直射赤道，昼夜长短自然发生质的变化，你说“自秋分这一天，北半球开始昼短夜长”没有问题；但是“露从今夜白”就没有道理了。同样地，我们说“千里共婵娟”，普天之下共赏一轮明月，怎么就你杜甫故乡的月亮格外亮呢？

这里就必须要说到古典诗歌的欣赏方法了。

严羽在《沧浪诗话》中提出“诗有别趣，非关理也”；沈雄也在《柳塘词话》中写道：“所谓无理而妙者，非深情者不辨。”也就是说，欣赏诗歌不能以“理”来衡量，诗歌中不符合逻辑的地方反而妙趣横生。

露水从今夜开始变白，但是月亮，却没有在故乡看到的那么明亮。不是因为月亮有了变化，而是因为诗人心境的变化。在故乡，有亲人相伴的时光总是美好的。如今战乱，家人四散各地，愁绪给月亮都蒙上了一层阴影。再回头想想，杜甫写《官定后戏赠》的时候，那句“故山归兴尽”，说着反话来掩盖内心的悲哀，好像更加凄凉了。

表达情深意重的诗句很多，以无理来表达深情的也不少。“露从今夜白，月是故乡明。”这两句的好，还不止于此。这两句要说的，无非是“今夜露始白，故乡月更明”，但如果这样写，就非常平庸，味道全无。杜甫把句子的结构做了调整，好像没有哪个字用得格外精妙，但是整个语气都变得矫健有力，就好像注入了筋骨。此二句笔法遒劲，情感也表达得霸气十足。

颔联这两句，承了题，也在首联写景的基础上，发展出了诗人思乡思亲的情感。

颈联，悲怆凄凉的情绪进一步具象化，望月转入思亲——“有弟皆分散，无家问死生。”

杜甫的出生地巩县，是战乱最严重的地方。如今山河破碎，身世浮沉，骨肉兄弟被迫流离失所，音信全无，就连他们此刻是生是死，都无从得知，人世间的痛苦莫过于此了！

这两句背后的情感浓烈，让人不忍卒读；在创作技巧上，也堪称典范。作为起承转合的“转”，颈联是整首诗的精神所在，既要转得干净利落，从写景完全进入写情，“有弟皆分散，无家问死生”从眼前的鼓声、雁鸣、寒露、暗月，转入对远方兄弟的思念，无一字拖沓。

转得利落就容易断裂，而好诗的颈联不仅不能断，还要在起承的基础上，把主题推向高潮。杜甫在这一句中，给前面的“一雁声”“故乡明”都找到了实实在在的落脚点，那就是生死未卜的兄弟——正是忆及他们，雁鸣和月色才更有深意，而所有的深意，都紧紧围绕兄弟分散和生离死别。

然而，就算痛到撕心裂肺也无计可施，就像尾联所写的那样“寄书长不达，况乃未休兵”。弟弟们杳无音信，做哥哥的自然最希望收到他们报平安的信件。然而，山高路远，车马不便，即使不打仗，寄出的信也经常石沉大海，更何况现在这种兵荒马乱、烽烟四起的时候。

“书不达”与首联“断人行”遥相呼应。在情感上，上升了一个层级；在笔法上，作为全诗的收尾让结构更加严谨。这就是起承转合中“合”的作用。

说完了整首诗的起承转合，我们来说“露从今夜白，月是故乡明”这一千古名句。

其实，把白露和明月组合起来，并非杜甫的原创，最初来自南朝文学家江淹的《别赋》。江淹年轻时很有文采，写得一手好文章；结果到了晚年，反而才气枯竭，再也写不出精彩的文章了，于是大家就用“江郎才尽”这个词来形容他。

在《别赋》里有这样一句：“明月白露，光阴往来，与子之别，思心徘徊。”后来杜甫就把“明月白露”这四个字给拆开来，用上倒装手法，于是就有了“露从今夜白，月是故乡明”。

这种手法在古典诗词的创作中很常见，用得好可以碾压原句。然而，珠玉在前，想要超越，不仅需要有巧思，还需要结合当下所要表达的情感，为旧的意象注入新的内涵。杜甫做到了，不愧是诗圣。

延展阅读

月圆　杜甫

孤月当楼满，寒江动夜扉。
委波金不定，照席绮逾依。
未缺空山静，高悬列宿稀。
故园松桂发，万里共清辉。

八月十五夜月　杜甫

其一

满月飞明镜，归心折大刀。
转蓬行地远，攀桂仰天高。
水路疑霜雪，林栖见羽毛。
此时瞻白兔，直欲数秋毫。

其二

稍下巫山峡，犹衔白帝城。
气沈全浦暗，轮仄半楼明。
刁斗皆催晓，蟾蜍且自倾。
张弓倚残魄，不独汉家营。

诗佛王维参禅意，月夜空山闻鸟鸣

鸟鸣涧

王维

人闲桂花落，夜静春山空。

月出惊山鸟，时鸣春涧中。

公元701年，对于沉寂已久的大唐诗坛来说，是一个不寻常的年份。这一年，太原王氏家族迎来了一个长相俊美、天赋异禀的男孩，他就是王维。就在同一年，遥远的碎叶城里，一位孕妇梦见了太白金星，紧接着生下一个双目炯然的孩子，起名李白，字太白。十一年后，被后世称为“诗圣”的杜甫，在巩县呱呱坠地，他的家族曾经辉煌过，但如今已经衰落了，他不知道接下来的几十年还有更大的挫折等着他。就这样，唐代最伟大的三位诗人星降中华。

未来的几十年间，他们分别靠近了佛家、道家和儒家的生活方式，并把这些思想理念引入诗歌创作，给中国文学史带来了高光时刻。我们已经领略过月下独酌的李白和月夜忆舍弟的杜甫，这一节，我们的主人公是“诗佛”——王维。

如果把杜甫的人生比作地狱模式，李白的人生比作困难模式的话，那王维简直人生开了挂，拿了青春偶像剧的台本。

先说出身，不像李白出身商人之家，也不像杜甫家道中落，王维可是家势显赫的望族嫡子。父系家族是太原王氏，母亲来自博陵崔氏，两大家族都是“世家中的世家”，在门阀垄断社会资源的唐朝，王维的起跑线，不知道是多少人一生难以企及的终点线。

生在这样一个顶级豪门里，王维从小就接受着最好的贵族教育，琴棋书画、诗词歌赋，没有什么是他不擅长的。王维的爷爷王胄，曾担任过宫廷乐官，王维继承了他的音乐细胞，作词谱曲唱歌无所不能，各种乐器样样精通，尤其是琵琶，弹得那叫一绝，后来这项技能还在王维关键的人生十字路口帮了他大忙。

母亲崔氏对王维的影响也很大。她笃信佛教，擅长水墨丹青，王维从小耳濡目染，青出于蓝。书画方面他开创了南宗山水画派，而佛理更是伴随他的一生。

我们知道王维字摩诘，相传是因为母亲临盆前看到维摩诘居士走入室内，以为佛祖显灵，故得此名。维摩诘是佛教一位大乘居士，相传他本来是毗耶离城的富翁，结交权贵，在闹市过着锦衣玉食、妻妾成群的生活，但是这些都不妨碍他宣扬大乘佛教，帮修行人离苦得乐。维摩诘的故事其实反映了大乘佛教“方便”的智慧，既过世俗生活，也可以做到清净无垢。

如此看来，王维晚年安心享受富裕生活，“大隐隐于市”，何尝不是受到这种大乘佛教的灵活变通的影响？

王维不仅多才多艺，还生得一副好皮囊：面如冠玉、剑眉星目、气质高贵、风度翩翩……即使只是身着素衣芒鞋，静静地立在那里，也掩盖不住他的高贵。

我们知道，在大唐，要想步入仕途一般有两种途径：一是科举考试，进士及第之后，再通过“公务员”考试就可以当官了，前面讲过的刘禹锡、张九龄都是走的这条路；二是有人举荐，无论是隐居名山赚个好名声，还是远赴边疆建功立业，又或是漫游各地拜谒名家，都是希望有前辈引荐。李白没考过科举，完全是在贺知章、玉真公主等人的引荐下才走近皇帝的。

这两条路，哪一条走通了都不容易，所以有志入仕为官的人一般都是两条腿走路，一边混圈子一边考试。杜甫就是这样，二十多岁的时候漫游四方，结识了不少名家，三十多岁为了科举，在长安当了十多年“北漂”，最终四十多岁才混了个看门的官儿。

相比之下，王维就幸运多了。他不仅在长安城扬名立万，还在弱冠之龄高中状元——这要是让其他诗人看见，非得眼红死不可。那么，王维是怎么做到的呢？故事要从岐王开始讲起。

岐王是唐睿宗的第四个儿子李范，杜甫那句“岐王宅里寻常见”说的就是他。李范生在帝王家，但他对王位不感兴趣，只喜欢结交文人才子，是个正儿八经的文艺青年。他特别喜欢王维的诗，想找机会提携王维一把。于是，他让王维准备好诗文和曲子，穿着华美的衣袍，跟自己到玉真公主的府邸拜访。

颜值与才华并存的少年，谁不喜欢？据说，在岐王的引荐下，王维抱起琵琶，为玉真公主弹奏了一曲《郁轮袍》。一曲终了，玉真公主彻底被眼前这位“妙年洁白、风姿郁美”的少年迷住了，喃喃自语道：“想不到世上竟然有如此美妙的音乐啊！”这时，岐王又对玉真公主说：“这个人不仅精通音律，诗文更是独步天下、无人能及啊！”然后示意王维将准备好的诗文呈给玉真公主。

玉真公主读罢王维的诗，连声赞叹：“我早就读过这些诗，没想到是你写的！真是百闻不如一见啊。你长得一表人才，又这么有才华，不中个状元，真是我大唐的损失啊！”正如玉真公主所言，王维果然在科举中金榜题名、状元及第。

到此时为止，王维的人生都是顺风顺水的，前途看起来也一片光明。如果一切顺利的话，他或许还有机会博一下宰相之位，成为大唐帝国的第二个张九龄。然而人生哪有一帆风顺？老天为王维打开了无数道门，总归也是要关上一扇窗的。或许是为了磨炼王维的心性，开启他的慧根和佛性吧，老天爷特意挖了一个大坑，等着志得意满的王维掉进来。

公元721年，初入官场的王维被授予太乐丞的官职，负责管理朝廷的乐队。然而，还没把这个位子坐热乎，王维就因为舞黄狮子一事，犯了皇家的大忌，被贬为济州司仓参军，成了一个粮仓保管员。

从当初“一日看尽长安花”的风光无限，到眼前“孤灯挑尽未成眠”的寂寞清冷，人生际遇的大起大落，让王维产生了一种无力感。但不同于其他人的是，在笃信佛法的母亲熏陶下，王维身上从小就带着一股佛性。就这样，参禅读经成了王维的精神支撑，让他熬过了在济州的五年光阴。漫长的岁月把曾经意气风发的少年变得圆润而温柔。此时的王维，才算是真正悟透了佛家的“无我之境”。

离开济州后，王维没有急着返回长安，而是动身游历江南，在此期间，友人皇甫岳邀请王维到自己位于浙江绍兴的云溪别墅做客。一天晚上，王维浅酌几杯之后，独自到后山散步。此时已是暮春，一轮金黄的明月高悬天际，林间的桂花散发出阵阵芳香，远处寂静的山谷中，不时传来清脆悦耳的鸟鸣……王维就静静立在溪边，尽情体味着这些细微的美好和空灵。

回到别墅后，王维还沉浸在刚才的所见所闻中，突然他似有所悟，于是匆匆磨墨铺纸，提笔写下了这首脍炙人口的望月诗——《鸟鸣涧》。

悟道后的王维，喜欢在诗中营造出一种静谧的意境。这首《鸟鸣涧》也是如此。诗中所描绘的花落、月出、鸟鸣虽然都是“动”的景物，但王维却匠心独运，通过“动”烘托出春涧的“静”，使得这首诗生机勃勃，枯寂了无。

在“人闲桂花落，夜静春山空”二句中，王维巧妙地采用了通感的手法，把“花落”这个动态的情景与“人闲”这个静态的情景结合起来。桂花是非常细小的，花瓣落地的声音更是微不可闻，也只有王维这样“心闲”的人，才能以心观物，捕捉到那些易被旁人所忽略的情景。而且，桂花从枝头飘落，缓缓落地的声音，更显出春山之“静”，仿佛世间的万物都沉浸在夜色的静谧和美好中。

如果说王维的前半首诗是以花落来烘托春山之静，那么，“月出惊山鸟，时鸣春涧中”就是通过月出、鸟鸣这两组动态的意象，进一步强化“静”的氛围。皎洁的明月缓缓升起，照亮了眼前黢黑的山谷；熟睡的山鸟习惯了静默的山林，月出竟然使它们惊觉地鸣叫了起来。月出和鸟鸣看似是打破了眼前的宁静，但其实，王维用了以动写静的手法，进一步衬托出春夜山间的静谧景象。

除了以动衬静，还可以从禅意的角度去欣赏这首诗。这里的禅意主要是指“无我”。王国维在《人间词话》中说，诗词“有有我之境，有无我之境……无我之境，以物观物，故不知何者为我，何者为物。”意思是，无我之境只言外物不言我，达到了物我合一的境界。陶渊明的“采菊东篱下，悠然见南山”，就是典型的无我之境：字面上看，没有诗人的身影，但是细细品味其中的景象，就能抓到一丝线索，感受到诗人悠然自得的情绪。正因如此，诗句才令人回味无穷。

《鸟鸣涧》也是如此，整首诗都是在描写春夜山间的景色，飘落的桂花、寂静的山林、升起的月亮、时而鸣叫的山鸟和山间淙淙的流水……仿佛诗人不存在于其中。但是仔细品味：花落无声，若非人闲则很难注意到；同样的，流水淙淙、鸟鸣阵阵，若非人心平静，也很难品味出夜的幽静。

整首诗如同一张飘然出尘的画卷，不仅物我合一，而且纤尘不染，仿佛能洗涤人心中的一切尘念。因此明代诗人胡应麟在读过这首诗后才会说：“读之身世两忘，万念皆寂。”这不正是无我之境独有的回甘吗？

禅宗认为，完整的人生应该经历三种境界：其一，看山是山，看水是水；其二，看山不是山，看水不是水；其三，看山还是山，看水还是水。其实诗词的境界，也可以据此评判：不带情感的写景诗，可以算作第一重，这样的诗大多沉寂在历史的尘埃之中，不再被后人提起；寓情于景、造景抒情的诗可以算作第二重，其中不乏名句，但大都因境界高远或者纯粹的审美价值而被人铭记；达到无我之境的诗，当属第三重境界，陶渊明、王维就是这个层面中的写诗高手。

实际上，王维后期的诗作，都带有一种清净出尘的意境，无论是“返景入深林，复照青苔上”，还是“谷静秋泉响，岩深青霭残”，抑或是“泉声咽危石，日色冷青松”，王维都试图营造出一种“幽、静、深、冷”的意境。而且等你读罢全诗，掩卷沉思的时候，还会发觉，在王维富有禅趣的诗句背后，还蕴含着一种隐而未发的旨趣，这使王维的诗显得幽深静谧，隐而不显。无怪乎苏东坡这样评价他：“味摩诘之诗，诗中有画；观摩诘之画，画中有诗。”

同样是对月吟诗，李白的做法是“举杯邀明月，对影成三人”，杜甫想的是“露从今夜白，月是故乡明”，而王维却说“月出惊山鸟，时鸣春涧中”。不难发现，虽然三人堪称唐代“诗坛三绝”，但他们的人生际遇不同、风格气质不同，诗风也截然不同：一身传奇的李白，风格浪漫奔放；半生飘零的杜甫，风格沉郁顿挫；而大起大落参透佛法的王维，风格唯美而充满禅意。

如果认为王维的诗反映出了“无我”的境界，那么李白的诗则是处处有我。这也难怪，他是大唐的谪仙人，很少把别人看在眼里。即使能看到别人，也是别人围着自己转。他赠别汪伦，说的是“桃花潭水深千尺，不及汪伦送我情”；他听蜀僧濬弹琴，说的是“为我一挥手，如听万壑松”；他在酒席上唱歌，说的是“与君歌一曲，请君为我倾耳听”。虽然处处有我，但是李白诗歌中的“我”不只是李白个人，也反映了盛唐昂扬向上的民族活力，代表着浪漫豪迈的时代精神。

这一点与杜甫正好相反。杜诗的风格形成于大唐王朝由盛转衰的时代，他本人又具有很强共情能力，自己思念亲人就推己及人，想到黎民百姓流离失所；自己的茅草屋被秋风吹破，就希望“安得广厦千万间，大庇天下寒士俱欢颜”。杜甫的诗歌也“有我”，但这个“我”，是一个胸怀家国天下的儒家士大夫，他用深厚的文字功底和人文关怀，去反映安史之乱时期的人民生活，他的诗这才有了“诗史”的美誉。

延展阅读

竹里馆　王维

独坐幽篁里，弹琴复长啸。
深林人不知，明月来相照。

山中　王维

荆溪白石出，天寒红叶稀。
山路元无雨，空翠湿人衣。

山居秋暝　王维

空山新雨后，天气晚来秋。
明月松间照，清泉石上流。
竹喧归浣女，莲动下渔舟。
随意春芳歇，王孙自可留。

终南别业　王维

中岁颇好道，晚家南山陲。
兴来每独往，胜事空自知。
行到水穷处，坐看云起时。
偶然值林叟，谈笑无还期。

第三章

羁旅

才高品低宋之问，近乡情怯游子心

渡汉江

宋之问

岭外音书断，经冬复历春。

近乡情更怯，不敢问来人。

每一个漂泊在外的人，都有自己的故事。故事不同，感受也很难相同。就比如说游子返乡，只有少数人能荣归故里、煊赫四方，更多的人还是灰头土脸地回来——或者遭遇了失败，或者被外面的世界磨平了年少轻狂时的棱角，或者出走半生归来依旧碌碌无为……他们回乡的时候，会怀着怎样复杂的心情呢？

有这么一个人，他在被贬私逃的途中作了一首诗，其中的“近乡情更怯”这一句，道出了无数失意游子返回故乡时的心路。他就是与陈子昂、王维、李白、孟浩然等人并称为“仙宗十友”的宋之问。

宋之问这个人，在人品上口碑很差，但是在文学上的造诣却很高。有这么一件事，就非常典型地印证了这一高一低的两极评价。

贞观之治后，大唐百废俱兴、人才济济。诗人如雨后春笋般涌现，几乎所有文人墨客都能即兴赋诗。武则天也喜欢吟诗作赋，常常在游历时，命随行臣子即兴吟诗作赋以助雅兴。一天，武则天率文武百官游览龙门山，一时兴起，许诺谁第一个赋诗就奖励谁一件锦袍。

看似是作诗助兴，实际上就是一场百官竞技的诗歌比赛。如果能借此获得武则天的赏识，说不定会平步青云。所以，文武百官无不苦思冥想、搜肠刮肚。

当其他人还在冥思苦想时，有一个叫东方虬的官员已经交卷了，于是武则天按照约定把备好的锦袍赏赐给了东方虬。谁知，东方虬这边刚刚叩首领了赏，还没坐稳的工夫，宋之问就把《龙门应制》写好了。这首诗洋洋洒洒近三百字，辞采华丽、意象丰富，每个词都用尽心思，每句话都极尽恭上之意，引得在座各位连连叫好，也让武则天乐开了花。于是，武则天就把赐给东方虬的锦袍收了回来，转赐给了宋之问，因此留下一段“龙门夺袍”的轶事。

这首诗标题中的“应制”，其实是一种诗歌题材，在汉武帝时期就有了。简单来说，就是古代臣子专为讨好皇帝所作的诗文，要么颂扬帝王的功德，要么讴歌太平盛世、风俗民情，总之就是“政治正确”；但是少了一份刚正和骨气，格调也就高不上去。

后来，武则天无论巡幸何处都要带上宋之问，这令宋之问备感荣耀，也更坚定了他倚靠武则天攀爬官场的决心。被委以重任的宋之问并不满足，他看到张易之、张昌宗两兄弟受到武则天的百般恩宠，便写了一首《明河篇》，诗中“明河可望不可亲，愿得乘槎一问津”一句，意思就是说，武则天像银河一样高高在上，可望而不可即，我什么时候能乘一艘小船，到达你的港口呢？武则天看了非但没有生气，还得意地说，我不是不知道宋之问有才情、有才气，怎奈他常有口臭，不堪接近。

宋之问看直接攀附武则天无望，于是极力巴结张易之两兄弟：不但把自己写的诗给张易之署名，而且帮张易之倒夜壶，伺候起居。

之所以说宋之问人品差，除了巴结张易之兄弟、走投机路线，还有一件令人咋舌的事，更暴露了他真小人的本性。

当时，宋之问因为诗作声名远播，很多人希望得到他的指点。他有个外甥叫刘希夷，写了一首七言古诗《代悲白头翁》，内心非常满意，第一个拿给舅舅评判。

宋之问接过诗作，看到“年年岁岁花相似，岁岁年年人不同”两句时，突然眼前一亮，不由自主地称赞起来；紧接着，就提出了一个非分的请求，说自己最近在作一首诗，其内容和刘诗中的这句非常相配，就问外甥可否借用一下。

刘希夷不知道是碍于情面，还是被称赞冲昏了头脑，稀里糊涂的就答应了。事后冷静下来的刘希夷，想到这首诗是自己花费了很多时间和精力才写出来的，又是难得的佳作，应该像生命一样爱护才对，怎么能拱手让人呢？越想越后悔，他就把这件事告诉了一起喝酒的朋友，这件事就此传开了。但令人意想不到的是，这样一件小事，竟为他招来了杀身之祸。宋之问为了将名句据为己有，派家丁半夜用装满土的麻袋活活压死了自己的外甥。

然而，就是这样一个依附权贵、投机取巧的人，一旦靠山倒台，狐假虎威的底气没了，自身命运也无法掌握在自己手中。

神龙元年（705）正月，太子李显、宰相张柬之等人发动了政变。他们以张易之兄弟谋反为由，逼迫武则天退位。张氏兄弟被禁军诛杀，武则天无奈将皇位还给了李显，而宋之问作为武则天身边的宠臣，也被唐中宗贬到了岭南。

他不甘被命运放逐，于是再一次展露出为达目的不择手段的本性，在被贬岭外的第二年春天，私自逃回洛阳。经过汉江时，看到滔滔江水东流而去，江面上无可渡之舟亦无摆渡之人，想到他本侍从天子左右，而今却独自漂泊在逃亡的路上，再狼狈也不过如此，一时间感慨万千，于是写下了这首《渡汉江》。

优秀的诗歌，往往能突破诗人自己的特殊际遇和特殊身份，让读者产生强烈的共鸣，《渡汉江》就是这样的好诗。

第一句“岭外音书断”中的“岭外”，指的是岭南，也就是现在的广东广西一带。岭南当时尚未开发，一片荒蛮，不仅在地理距离上与政治中心相去甚远，而且在诗人的心里，从庙堂宫殿跌落到这不毛之地，落差也极大。再加上，诗人与家乡断了联系，可不就跟“寄书长不达”的杜甫一样，“无家问死生”吗？

第二句“经冬复历春”，进一步从时间上书写自己的惨状——冬去春来，虽然只有一年时间，但是苦闷让人度日如年，蹉跎的可不只是光阴，也是诗人的生命。

接下来第三、四句“近乡情更怯，不敢问来人”，很反常却也很正常。反常是因为一般人思念家乡都是归心似箭，离家越近越急切。那么“近乡情更怯”的最后一个字就应该是“急切”的“切”，但是宋之问却用了“胆怯”的“怯”，这是反常之处。

那为什么又说很正常呢？原因我们前面提到过。宋之问是以戴罪之身从岭南逃回来的，想跟别人打听情况但又担心被人认出来，担心家人但是又害怕听到家人有变故的消息，这种担心害怕落到用字上，就是“怯”——胆怯的怯。

如果故事讲到这里——谄媚奉承、心狠手辣的人吃了苦头，即使逃回中原也不敢打听家乡事——那么，世道还算公平。但不按常理出牌的现实偏偏还在继续……

宋之问从谪地逃跑，并没有直奔家乡，而是藏匿在了好友张仲之的家里。张仲之因喜爱宋之问的才华，将其收留，却没想到上演了一场农夫与蛇的故事。

事情是这样的：武则天倒台之后，武姓一族均受到了牵连，只有她的侄子武三思幸存了下来，并再次得到重用。为什么会这样呢？原来，唐中宗还是太子的时候，被武则天压制，妻子韦氏给了他莫大的支持。中宗对共患难的妻子十分宠爱，即位后，朝政大权渐渐被韦皇后一族掌控起来。武三思与韦后和上官婉儿私交甚密，在她们二位的帮助下，武三思不仅没有受到姑姑武则天的牵连反而成了当朝宰相。

张仲之收留宋之问期间，正在与王同皎等人密谋除掉武三思。

宋之问深夜窥探到这个消息之后，思忖半晌，最终做出了一个恩将仇报的决定——告密。

第二天一早，宋之问就传信给哥哥和儿子，让他们去告发张仲之谋反。这一举动让恩公张仲之一家命丧黄泉，宋之问反而因功受赏，不但被免除逃匿之罪，而且获得了重返政坛的机会。又过了一年，宋之问再次通过文采斐然的应制诗得到了统治者的欢心，被提拔为考功员外郎。

又过了不久，唐中宗突然死亡，韦皇后想效仿武则天夺取帝位，李显的侄子李隆基和姑姑太平公主策划了“唐隆政变”，率兵进宫诛杀了韦皇后和上官婉儿。经过一番波折之后，唐玄宗李隆基即位，开始清理门户，铲除武氏和韦氏的余党。宋之问被赐死。

延展阅读

度大庾岭　宋之问

度岭方辞国，停轺一望家。

魂随南翥鸟，泪尽北枝花。

山雨初含霁，江云欲变霞。

但令归有日，不敢恨长沙。

题大庾岭北驿　宋之问

阳月南飞雁，传闻至此回。
我行殊未已，何日复归来。
江静潮初落，林昏瘴不开。
明朝望乡处，应见陇头梅。

少小离家荣归故里，秘书外监福寿绵长

回乡偶书·其一

贺知章

少小离家老大回，乡音无改鬓毛衰。

儿童相见不相识，笑问客从何处来。

远离家乡久客在外，想必是愁苦多于喜悦；那么落叶归根荣归故里，总该是件开心事吧？还真不一定。有这么一首诗，诗句浅显易懂，但道出了诗人荣归故里时的万千思绪。

这位诗人就是贺知章。他或许是所有唐代诗人中命最好的一位。他活到将近九十岁，而这近九十年的时间，恰好是唐朝历史上最鼎盛、最安定的九十年。而且，他人生的每一步都卡在了最正确的鼓点儿上，在最恰当的年纪得到最好的恩赐，一路繁花似锦，基本没有坎坷。

他出生的时候，贞观之治刚刚过去十年，盛世余晖尚存；他求学考试的时候，正当武则天广开科举大门，录取人数到达高峰；他当官的时候，唐玄宗还能知人善任，开创了开元盛世；他去世的时候，安史之乱还没有爆发。他没有像李白、王维那样受到安史之乱

的冲击，也没有像杜甫和白居易一样，眼睁睁地看着大唐王朝由盛转衰。

贺知章本是萧山人，在他很小的时候，全家就迁居到越州山阴，也就是今天的浙江绍兴。绍兴是历史文化名城，自越王勾践大败吴国成为一代霸主，当地文化的繁荣一度超越近邻杭州。前有王羲之在会稽山阴写下《兰亭集序》，后有陆游在沈园写下“红酥手，黄縢酒”。贺知章也是绍兴的一个文化符号，而且是全浙江历史上第一位有资料记载的状元。

武则天证圣元年（695），三十七岁的贺知章在科举考试中一举夺魁，很快就以状元身份被授予国子四门博士；后来唐玄宗李隆基即位，贺知章在宰相张说的推荐下进入丽正殿书院，日常编纂和修订书籍。玄宗泰山封禅之后开始紧抓储君的培养，贺知章因为学识出众而成为集贤院学士、太子侍读，与学问打交道，教未来的皇帝读书——这种社会地位高又没有钩心斗角的工作，贺知章干了一辈子。

贺知章晚年自称“四明狂客”和“秘书外监”，喝酒也好修道也罢，豪迈洒脱之气丝毫不输李白。不仅如此，他在读了李白《蜀道难》之后，喜欢得不得了，于是拿金龟换酒，与年轻的李白结下忘年之交。杜甫在《饮中八仙歌》的第一句就写了贺知章，“知章骑马似乘船，眼花落井水底眠”，意思是贺知章醉酒之后，骑马的姿态像坐船一样摇摇晃晃，醉眼昏花，不慎掉到了井里，于是便在井下睡起了大觉。

其实贺知章平时主要骑驴，电视剧《长安十二时辰》里，骑着毛驴吟诵“碧玉妆成一树高，万条垂下绿丝绦”的何监，就是以贺知章为原型虚构的人物。在真实的历史中，贺知章因为官拜正三品秘书监，所以也被叫作“贺监”。

天宝三载（744），贺监真的从马上摔了下来，想到自己年龄大了，索性上书皇帝请求回老家越州当道士。唐玄宗心有不舍，但还是答应了他的请求。临别时，玄宗在长乐坡为他举办了一个大型的欢送仪式，太子和文武百官都前来赴宴。席间，唐玄宗赠诗一首《送贺知章归四明》：“遗荣期入道，辞老竟抽簪。岂不惜贤达，其如高尚心。寰中得秘要，方外散幽襟。独有青门饯，群僚怅别深。”

当时李白还在殿前当翰林待诏，自然不会忘了前来送别自己的伯乐。李白写了一首《送贺监归四明应制》，称赞贺知章一生光满万丈，希望他有机会再回到长安——远山虽好，但帝都皇恩浩荡。唐玄宗读后也十分高兴。

在一片荣光之中，贺知章踏上了回乡的路。在即将到家的时候，写下了我们耳熟能详的《回乡偶书·其一》。

这首诗很简单，但恐怕不同年龄、不同阅历的人读起来，会有完全不同的观感。

第一句“少小离家老大回”，不是夸张之语。自三十七岁考中状元，贺知章便离开家乡在长安当官，这官一当就是整整五十年。在告老还乡的路上，已经八十六岁的贺知章，回想起当年北上京城的青年才俊，又看看已然双鬓斑白的自己，可不就是“少小离家老大回”吗。这两句是以年龄之对比来叙事，那么第二句就是以变与不变之对比来抒情。

“乡音无改鬓毛衰”——五十年过去了，老头子我鬓发都少了，但家乡的口音从未改变。“衰老”的“衰”字，在这里读“cuī”，意思是减少，这里泛指老年人头发胡子稀疏的样子。与须发变化相对的是未变的乡音。贺知章的乡音是绍兴话，听起来像唱越剧一般轻柔婉转，与长安地区粗犷的西北方言大相径庭。家乡的口音如同出厂标牌，不仅标记着一个人“从哪里来”，也宣告了他的身份认同。乡音未变说明贺知章从未忘记自己来自越州。

诗写到这里都只是诗人自己的感怀，突然，戏剧性的一幕出现了：“儿童相见不相识，笑问客从何处来。”返乡的行程即将结束，路上突然跳出几个幼稚小儿——“客人，你从哪里来呀？”一个简单的问题，难住了曾经的状元郎。

我贺知章以越州人的身份，在外客居了半个世纪，不曾有一刻忘记自己从何而来、自己家在何方；如今以耄耋之年，从长安启程返乡，一路风尘仆仆，要怎么跟儿童解释“我虽然远道而来，但跟你一样来自越州”呢？

这里用到了一种叫作“背面敷粉”的写作方法，意思是不从正面强调刻画，而是用与其相反或者无关的事物做陪衬，另辟蹊径，突出想要表达的内容。贺知章在此二句中，没有着力写自己年迈返乡的复杂心情，而是用儿童的笑问来反衬自己的难言，用儿童的青春洋溢反衬自己的衰老，用问客人的话反衬主人公无处安放的身份认同。放在全诗的最后，虽用作结尾，但好似绘画中的留白、曲调中的余音，意蕴丰富，感慨无限。

贺知章当时写了两首《回乡偶书》，第二首没有前一首那么有名，但也情真意切，全诗是这样的：

离别家乡岁月多，近来人事半消磨。
惟有门前镜湖水，春风不改旧时波。

首句“离别家乡岁月多”与“少小离家老大回”意思相同，都是说自己出走半生的经历；第二句“近来人事半消磨”就与“乡音无改鬓毛衰”不同了，“乡音”“鬓毛”是说自己，而“人事消磨”说的是家乡。家乡变化大呀，很多东西都不复存在了，“消磨”指的是逐渐消失、没有了，这些都是在自己离家的岁月里发生的，但又好像是最近才发生的，自己刚好错过而已。一句客观之语，让遗憾、怀念、无奈、失落等多种情绪藏在字里行间，似有似无。

“惟有门前镜湖水，春风不改旧时波。”诗人的目光从人事变化转移到了自然景观上，虽然物是人非，但也不至于沧海桑田，你看这门前的镜湖水，不就一点儿也没变吗？春风吹来也不曾改变……

这两句写景，只从字面意思理解也不成问题，但其中还藏着两处地名，知道了它们背后的故事，或许你会对这两句有更深的理解。

首先就是“镜湖”，也叫“鉴湖”，是浙江绍兴的名湖，因为湖面宽阔、景色优美，有“鉴湖八百里”之美誉。东晋书法家王羲之，南宋诗人陆游都曾在此流连，李白也曾在半梦半醒时分写下“一夜飞度镜湖月”的名句。

镜湖就在贺知章家门前，甚至镜湖的一部分，还属于贺知章所有。怎么讲呢？贺知章荣归故里，唐玄宗不仅赠诗一首，还赐给了他镜湖剡川一曲，也就是现在大禹陵前的一段镜湖。在当地的风俗古籍中，还有“贺家湖里春如旧，好共渔郎逐水行”的记载。

最后一句也有讲究，一如“江枫渔火对愁眠”中，“江枫”指“江上的枫桥”，“春风不改旧时波”这一句里也藏着一座“春波桥”，这座桥现在位于绍兴市鲁迅纪念馆不远处的禹迹寺前。

镜湖水不变，春波桥不变。贺知章带着皇帝的恩赐回到家乡，也有能力让“贺家湖里春如旧”，但是“人事消磨”根本不等一介老朽。

写完《回乡偶书二首》之后没多久，贺知章就仙逝了，家人将他葬在现在的绍兴南郊九里山巅。三年后的夏天，已经被赐金放还的李白，漫游至越东地区，专门去拜访贺知章。一进门才知道，这位忘年之交早已驾鹤西去……

在贺知章去世十二年后，他曾经侍读的太子李亨在安史之乱中即位，成为唐肃宗。曾经的少年感激恩师栽培，追赠他为礼部尚书，这便是贺知章留给历史最后的背影。

延展阅读

送人之军　贺知章

常经绝脉塞，复见断肠流。

送子成今别，令人起昔愁。

陇云晴半雨，边草夏先秋。

万里长城寄，无贻汉国忧。

奉和圣制送张说巡边　　贺知章

荒境尽怀忠，梯航已自通。
九攻虽不战，五月尚持戎。
遣戍征周牒，恢边重汉功。
选车命元宰，授律取文雄。
胄出天弧上，谋成帝幄中。
诏旗分夏物，专讨锡唐弓。
帐宿伊川右，钲传晋苑东。
饔人藉蒉实，乐正理丝桐。
歧陌涵余雨，离川照晚虹。
恭闻咏方叔，千载舞皇风。

边塞戎马为功名，故园东望泪龙钟

逢入京使

岑参

故园东望路漫漫，双袖龙钟泪不干。

马上相逢无纸笔，凭君传语报平安。

唐朝是中国历史上最忙碌和繁华的朝代。盛唐时疆土辽阔、国力强盛，勇武之人奔赴边陲，只为建立开疆拓土之功；文化上开放包容、言论相对自由，故而文人学子或访遍名山大川，求取天地灵气，或宦游四方，与名家公卿结交。

中晚唐时期，时局动荡，外部藩镇割据致使战乱时有发生，朝中奸佞专权、党争不断，导致人才流落四方，民生疾苦。在这种情况下，羁旅便成为唐代文人的又一种生活状态。

文人墨客因为游学、求官、征战沙场而奔波在外，也因流放、贬谪、躲避战乱而漂泊他乡，以异乡人的视角留下无数诗文佳作。

尽管同在路上，诗人面临的情形不同，产生的情绪也就完全不一样。

“移舟泊烟渚，日暮客愁新”，是借秋江暮色抒发游子思乡的情意；“报君黄金台上意，提携玉龙为君死”，是在惨烈沙场宣告誓死报国的决心；“田园寥落干戈后，骨肉流离道路中”，是以个人手足离散的悲痛写家国之忧思；“巴山楚水凄凉地，二十三年弃置身”，则是细数时光飞逝，发出身不由己之惋惜。

这首《逢入京使》，来自一个胸襟开阔、语言奇丽、富有浪漫色彩的诗人——岑参。岑参把羁旅诗写得豪迈而又充满柔情，是唐代也是中国文学史上最杰出的边塞诗人之一。

跟前面讲过的杜甫、杜牧一样，岑参也拿到了官宦世家家道中落的人生剧本。

他的曾祖父岑文本是唐太宗时期的宰相，堂伯祖岑长倩是唐高宗时期的宰相，堂伯岑羲是唐中宗、睿宗两朝的宰相，三代岑家子弟辅佐四代君主，门户不可谓不高。

岑参的父亲虽然不及祖上，但也是两任刺史。只不过父亲死得很早，岑参小时候家境并不好，一直跟着哥哥长大，还在嵩阳过了一段时间的隐居生活。

二十岁那年，岑参跟随哥哥迁居到了长安，为了求取功名在两京之间奔波。在长安的日子里，岑参结识了很多军中的朋友，于是慢慢地开始有了从军的念头，在《送李副使赴碛西官军》一诗中，写下“功名只向马上取，真是英雄一丈夫”的豪言。

天宝三载，岑参在科举考试中高中一甲“榜眼”，也就是仅次于“状元”的第二名，被授予一个兵曹参军的官职。这个兵曹参军是一个八品小军官，负责看守兵甲器杖、管理门禁锁钥等事，让一个榜眼来当这个官儿，真的是大材小用了。

岑参对这个结果自然很失望，但失望之余，也算是抓到一条可以攀上仕途的绳索。

于是，赴任前，他在曾经居住的草堂中题诗一首，写道“自怜无旧业，不敢耻微官”，意思是说，我岑参白纸一张，也没法依靠祖传的家业，怎敢嫌弃官职卑微呢?

这个卑微的官职，消耗了岑参两年的时间。这期间，名将高仙芝在克什米尔地区客场作战，智取小勃律国，使唐军在西域声威大震。

公元747年，凯旋的高仙芝获封鸿胪卿、假御史中丞、安西四镇节度使。两年之后，高仙芝聘请岑参到自己的幕府当书记。岑参总算有了出头之日。

安西四镇，在今天的新疆维吾尔自治区，由中央委任的节度使管理，地处中亚交通要塞，对唐朝西北边防有着非常重要的作用。

能够跟随名将，在西域最高军事机构中就职，对蛰伏已久的岑参来说，实在是难得的机会。

而要把握住这个机会，意味着他必须在而立之年舍家撇业，独自来到帝国最遥远的西北边陲。边疆凶险，前路漫漫，此去能否闯出一番名堂还是个未知数。

不过岑参并没有过多犹豫，曾经的军旅梦和报国心再次得到感召，出发之前，他写下“万里奉王事，一身无所求。也知塞垣苦，岂为妻子谋”的诗句，然后毅然决然地告别了长安的小家，踏上了前往西域守卫国家的征途。

此时的他还不知道，这只是他颠沛流离、戎马一生的开始，此后的几十年里，他都将作为一个羁旅客，奔波在路上……

西去之途太远了，路上不知道走了多久。某一天，岑参碰到一个故人，两人立马而谈、嘘寒问暖，原来对方正要回京述职。

第一次长途远行的岑参，恨不得马上写封家书，让这位故人带回长安，可惜身边连纸笔都没有。《逢入京使》讲的就是这个场景。

这首诗很简单，没有雄伟壮阔的边塞风光，也非岑参特色的“奇丽”风格，但是却把羁旅途中的浓浓思乡之情吐露无遗。

第一句“故园东望路漫漫”写的是诗人当下所在的位置。“故园”指的是长安，“东望”说明诗人此刻正在西行的途中，回望家乡的位置，已经是长路漫漫，无可回头。路途不知道还有多远，此去也不知道何时才能返还。

思乡情不知不觉涌上心头，于是紧跟着第二句“双袖龙钟泪不干”——因思乡而流下的泪水，止不住也擦不干，以至两只袖子都被打湿。这句用夸张的手法把思念具象化为“不干”的泪水，可见诗人满到溢出来的深情。

诗人此去是为建功立业的，纵使思乡却不能归乡。那该怎么办呢？

出门匆匆，走马相逢，连家书都来不及写，就请给我家里捎个口信报平安吧！于是有了最后两句："马上相逢无纸笔，凭君传语报平安。"

这两句没有特别匠心独运的字眼，可贵之处在于真挚情感的自然流露。

明代篆刻家沈野有一句经典诗论，说"眼前光景口头语，便是诗人绝妙词"，用来分析这一句再合适不过了："马上相逢无纸笔"是眼前光景，"凭君传语报平安"是口头语，没有精心的艺术再加工，却让人感受到真挚急迫的心情，的确称得上绝妙之词。

诗人抱着"功名只向马上取"的决心，只能暂时搁下对故乡的眷恋和个人的儿女私情，继续前行，进取心和游子意交织在此情此景之中，复杂而又感人。

游子漂泊在外，通信又不便利，托人传话报平安是非常具有普遍性的，但岑参可以把一般人心中所想的事、口中想说的话，结合眼前之景用口头语表达出来，浅显之中含有丰富的韵味，直击读者内心，这就是岑参的过人之处。难怪刘熙载在《艺概》中评论此诗道："诗能于易处见工，便觉亲切有味。"

写《逢入京使》的岑参，还是个第一次出远门的年轻人，靠一腔热血与豪情壮志来冲淡浓浓的思乡之情。

按说能跟着高仙芝这样的封疆大吏征战西域，岑参的前途想必是不可限量的。毕竟高仙芝在担任安西四镇节度使期间，先是打败揭师国、俘虏了国王，后又战胜吐蕃、打败石国，向朝廷上报的军功数不胜数……随便哪一项，岑参能参与一把，升职加薪还不是早晚的事儿？

然而，理论虽如此，现实却有其他安排。

岑参作为一个“半路出家”的文官，一直没有真正进入高仙芝的“朋友圈”，重大战役他都没有参与，所做的工作呢，也不过是后勤保障和联络官，离成就丰功伟业的前线战场非常遥远，功劳簿上自然很难留名。

公元751年，岑参送同僚刘单上前线，作《武威送刘单判官赴安西行营便呈高开府》一诗，写道：“功业须及时，立身有行藏。男儿感忠义，万里忘越乡。”看着同辈有机会远征沙场、及时建立功绩，不知道此时的岑参会不会不甘心。

他本以为能大展拳脚，没承想自己离家万里，只是换了个地方继续无所事事。

雄心壮志仿佛大漠里的一缕孤烟，顷刻间被疾风吹得无影无踪；而思乡之情又涌上心头，“悔向万里来，功名是何物”，功名求取路上还能坚持多久呢？

现实并没有考验岑参太久。

就在岑参送走刘单的同一年夏天，高仙芝在石国第二大城市怛罗斯遭遇大食国联军，结果唐军的盟友葛逻禄部中途叛变，反戈一击。最终高仙芝兵败，带着数千人马狼狈逃窜。

这是大唐第一次在边境冲突中败给西域异族。虽然没有直接影响到大唐的边疆安全，也不至于让唐军失去威慑力，但帝国颜面何存？于是，唐玄宗解除了高仙芝安西四镇节度使之职，命他回京担任右金吾卫大将军。

上司吃了败仗，岑参也受到波及，不得不奉命回京述职。就这样，岑参的第一次出塞草草地画上了句号。他在边塞生涯中毫无建树，自然也就没有得到提拔，想来这几载光阴终究还是虚度了……

不知道他在回京旅途中，会不会遇到一个向边塞走去的人，请他“传语报平安”，但可以确定的是，此时的岑参和写下《逢入京使》的岑参，已经完全不是一个心境了。人生的大起大落就是这么突然。此时经历过这些的岑参还不到四十岁。

这次出塞让岑参体会到了真实的边塞生活，目睹了前人诗文中出现的山川奇景，也收获了见所未见的异域风情，这些都让他的边塞诗感情真切、形象奇伟，尤其是他写军旅生涯的部分，格调高亢激越，金句频出，令人过目难忘，奇丽之至冠绝盛唐。这可能是岑参六年塞外生活最大的收获。

回到长安后，岑参也没有宅着，经常叫上高适、薛据、储光羲、杜甫等三五好友一起郊游解闷。

某日，他们来到长安城南的佛教圣地慈恩寺，里面有一座当时最高的建筑物——慈恩寺塔，也就是现在的大雁塔。

登上京城第一高，目光扫过寺庙周围的清幽洁净，岑参甚至产生了出家的念头，“誓将挂冠去，觉道资无穷”，说的是佛家清净之理能使人彻悟。与其在官场蹉跎一生，不如及早挂冠而去，追求无穷无尽的大觉之道。

但是他真的能够放下曾经的军旅梦和爱国心，安顿下来参禅悟道吗？想来他并没有彻底放下，否则就不会有后来的《白雪歌送武判官归京》了。

延展阅读

凉州馆中与诸判官夜集　岑参

弯弯月出挂城头，城头月出照凉州。

凉州七里十万家，胡人半解弹琵琶。

琵琶一曲肠堪断，风萧萧兮夜漫漫。

河西幕中多故人，故人别来三五春。

花门楼前见秋草，岂能贫贱相看老。

一生大笑能几回，斗酒相逢须醉倒。

行军九日思长安故园　岑参

强欲登高去，无人送酒来。
遥怜故园菊，应傍战场开。

宿铁关西馆　岑参

马汗踏成泥，朝驰几万蹄。
雪中行地角，火处宿天倪。
塞迥心常怯，乡遥梦亦迷。
那知故园月，也到铁关西。

半生凄苦著诗史，浩瀚天地一沙鸥

旅夜书怀

杜甫

细草微风岸，危樯独夜舟。

星垂平野阔，月涌大江流。

名岂文章著，官应老病休。

飘飘何所似，天地一沙鸥。

很多人喜欢杜甫，不仅因为他的诗格律工整，具有沉郁顿挫的审美体验；还因为杜甫是一个心系苍生、忧国忧民的诗人，说他是中国历史上最伟大的现实主义诗人也不为过。

杜甫时时为黎民百姓哀叹悲伤，他自己的人生经历也是一波三折、坎坷艰难。

我们前面讲过，杜甫祖上是北方的名门望族，家学渊源，受儒家思想影响很深。在这样的背景下，杜甫从内心深处渴望入仕为官、造福百姓。这种渴望跟随了他一辈子，让他在以后异常艰难的人生遭遇之中，都不轻言放弃。

杜甫二十五岁参加科举考试，但并没有考中，于是像当时的很多年轻人一样“仗剑去国，辞亲远游”。杜甫一路拜谒名士、结交友人，所遇之人来来往往，但“奉儒守官”的愿望始终是他铁打的同行者。

十一年后，杜甫再次来到了长安，参加了第二次科考。然而不幸的是，这次考试由奸相李林甫一手操办。

李林甫生平最忌恨文人，怕这些有才能但“不识礼度”的人，任意批评朝政，对自己不利，于是上表皇帝说“野无遗贤”，导致参加这次考试的士子全部落选，杜甫当然也不例外。

科考无望，加之父亲去世，杜甫的经济越来越拮据，只能重新寻找出路。

他奔走献赋，到贵族府邸充当“宾客”，等待贵族人士的举荐和朝廷的赏识，在长安一待就是十年。期间，杜甫尝尽世间冷暖，对人情世故有了深刻的认识，但内心依然受到入世思想的感召，写下“致君尧舜上，再使风俗淳”的诗句，表明他辅佐明君、守护百姓太平的终极愿望。

公元755年，唐玄宗和杨贵妃在骊山游玩。与此同时，安禄山以讨伐杨国忠为由，在范阳起兵。

安史之乱爆发了，一时间战火四起，百姓仓皇避难、人心惶惶。此时的杜甫离开长安，正在赴奉先探望妻儿的路上，路过骊山，目睹战争惨状，写下了“朱门酒肉臭，路有冻死骨”的诗句。

第二年夏天，潼关失守，玄宗仓皇西逃。肃宗李亨在宁夏灵武登基，遥奉玄宗为太上皇，准备与叛军大干一场。已过不惑之年的杜甫刚刚安顿好亲眷，心中“致君尧舜上”的热情再次被点燃，一听到肃宗即位的消息，立马只身赶赴灵武。

杜甫目睹战乱给百姓带来的疾苦，写下了大量现实题材的诗：唐军节节败退，他用“野旷天清无战声，四万义军同日死”道尽战争的悲惨，又用“焉得附书与我军，忍待明年莫仓卒”投以无限的支持，拳拳爱国之心苍天可见。

同时，他密切关注着时局发展，写下了《为华州郭使君进灭残寇形势图状》和《乾元元年华州试进士策问》等策论文章，积极为剿灭叛军献计。

此时的新朝廷似乎才看到了那个忠君爱国、忧国忧民的杜甫，任命他为左拾遗，负责向皇帝进谏忠言。

委任书上是这么写的：“襄阳杜甫，尔之才德，朕深知之。今特命为宣义郎行在左拾遗。授职之后，宜勤是职，毋怠！”肃宗劝诫杜甫，上任后需更加勤勉、积极效力。

杜甫遵从了委任书上的嘱托，兢兢业业地履行他的谏官职责，但很快就因为帮朋友房琯说话而惹怒肃宗，最终被贬为华州司功参军。

后世习惯称杜甫为“杜拾遗”，这个从八品的官职，就是杜甫这辈子当官的顶峰，从此之后他再也没有得到朝廷的重用。

公元758年，唐军与叛军在邺城开战，官军大败。杜甫在探亲结束返回华州的途中，见到战乱给百姓带来的无穷灾难，创作了不朽的史诗“三吏”“三别”。

第二年，杜甫辞去了华州司功参军的职务，携家带口辗转来到了成都。在这里，他得到了好友严武的帮助。

严武是剑南西川节度使，有开幕府的权力。杜甫不是被后人称为“杜工部”吗？就是他晚年在严武幕府任检校工部员外郎之后才有的称号。

严武对杜甫非常照顾，不仅帮着修缮草堂，还经常带着酒肉来看望杜甫。杜甫有一句诗“竹里行厨洗玉盘，花间立马簇金鞍”，写的就是与严武在一起的事。

然而好景不长，公元765年，严武病逝，杜甫全家孤苦无依，不得不再次踏上漂泊之路。他们离开成都，乘舟沿着岷江、长江东下，一时间找不到落脚之地。

一个清凉的月夜，杜甫将一叶孤舟停靠在江岸边，江岸上的青草在微风的吹拂中不停地摇摆。星光低垂，月影投在江面上。江水东流而去，亘古不变。无论人世如何变迁，大自然都不会改变它的纯净如初。

杜甫触景生情，心存景象万千，但剩下的也只是无奈和无望。于是，他写下这首《旅夜书怀》。

前四句写景，对应了题目中的“旅夜”。首联“细草微风岸，危樯独夜舟”写出了这首《旅夜书怀》的创作背景。诗人离开草堂，乘舟沿江东下，小船漂行于大江之上，诗人的目光则扫描着沿途的景色。白天，江上的微风吹动岸边的细草；夜晚，小船竖起高高的桅杆，孤零零地漂浮在江面。“细”“微”“危”“独”，四个字，将水陆两方面的景色串联起来，也将他出蜀的艰辛记录下来：在这样的一叶扁舟上，竖着高高的桅杆，沿着细草微风的岸边一点点漂流而来。

随后是“星垂平野阔，月涌大江流”。如果说前一句在描写细微的景色，这一句的视野一下子就放得开阔了。诗人放眼望去，看到的是遥远的天际，满天的星星寂寥地散落垂悬着。天空之下是一望无垠的广阔原野，似乎在远处与天交接。在这一片辽阔之中，江流奔腾不息。夜晚的江面波澜壮阔，小舟在江面上摇晃不停，月亮也似乎在随着江水涌动。皎皎朗月，大江奔流，多么雄浑壮观的景象。

后四句抒情，对应了题目中的“书怀”。“名岂文章著，官应老病休。”诗人自问，自己知名于世难道是因为文章写得好吗？似乎自己每一次被朝廷看到，都是因为文章的缘故，那么“致君尧舜上，再使风俗淳”的远大政治抱负又怎样才能得以施展呢？原本担任了国家官员，应该到了年老多病的时候再退休，可如今自己做不成官，不是因为“老”或者因为“病”，而是因为得罪了人、受到了排挤。这一联既饱含诗人的愤慨不平，又展现了诗人的无奈。

尾联“飘飘何所似？天地一沙鸥”中，诗人又问自己这种生活像什么呢？就像天地间一只漂泊不定的沙鸥一样。前面所描述的诗人眼中的风景，勾起他漂泊江流、无处落脚的感慨。诗人在这浩渺的江上，在寂静的夜晚，百般思索：天地万物之间，自己是怎样一个生命呢？他最终给出了答案——不是展翅高飞的雄鹰，而是只普通的水鸟，被淹没在这浩渺的天地之间。

延展阅读

阁夜　杜甫

岁暮阴阳催短景，天涯霜雪霁寒宵。
五更鼓角声悲壮，三峡星河影动摇。
野哭千家闻战伐，夷歌数处起渔樵。
卧龙跃马终黄土，人事音书漫寂寥。

岁暮　杜甫

岁暮远为客，边隅还用兵。
烟尘犯雪岭，鼓角动江城。
天地日流血，朝廷谁请缨?
济时敢爱死? 寂寞壮心惊!

恨别　杜甫

洛城一别四千里，胡骑长驱五六年。
草木变衰行剑外，兵戈阻绝老江边。
思家步月清宵立，忆弟看云白日眠。
闻道河阳近乘胜，司徒急为破幽燕。

籍籍无名张懿孙，江枫渔火传千年

枫桥夜泊

张继

月落乌啼霜满天，江枫渔火对愁眠。
姑苏城外寒山寺，夜半钟声到客船。

“姑苏城”是苏州的代称。作为吴文化的发祥地，这里盛产人才——“先天下之忧而忧”的范仲淹，著有《浮生六记》的清代文学家沈复，中国社会学和人类学奠基人费孝通，以及现代作家、教育家叶圣陶等，都是土生土长的苏州人。不仅本地人才济济，苏州还吸引着全国各地的文人骚客。在唐朝，韦应物、白居易和刘禹锡三位大诗人，先后任职于苏州，留下了“何似姑苏诗太守，吟诗相继有三人”的佳话。

因为人才荟萃，所以苏州在文学作品中的出现频率也特别高。如果在这些文学作品中，选出一篇流传度最广、最让人耳熟能详的来代表苏州，恐怕就是这首《枫桥夜泊》了。流行一时的歌曲《涛声依旧》《苏州河》，都在歌词中化用了这首诗的意象。

这首诗的作者叫张继，字懿孙。在唐代，他不是什么文学名家，甚至连生卒年份也没有确凿的记载，平生事迹只能通过他和朋友留下的诗作来推测。很难想象，在那个群星璀璨的唐朝诗坛，在那个人才辈出的江南名城，苏州的最佳代言，竟然出自一位籍籍无名的异乡人之手。

关于《枫桥夜泊》的创作背景，有三种说法。一种说法是，天宝十二载（753），张继进士及第，但是在吏部组织的考试中落榜，眼见着入仕无门，心理落差太大，于是踏上了返乡之路，漫游到苏州时写下此诗。第二种说法是，天宝十五载，安史之乱席卷整个中原，唐玄宗仓皇奔蜀，中原百姓也开始四处逃散。张继为了躲避战乱来到江南，怀着漂泊异乡的苦闷写下这首诗。第三种说法是大历年间，张继被授予洪州盐铁判官，押运官船到江苏时，感叹平生创作了这首诗。

这三种说法都是猜测，张继具体在什么情况下写了这首诗，其实没有确凿的证据。但可以肯定的是，张继作为异乡人，在一个寒冷的月夜，乘船停泊在江南的某个码头，心中的万千滋味都揉进了诗歌里。

夜半时分，月亮已经西落，天空灰蒙蒙一片，凌晨的寒意惊扰了栖息在江边枫树上的乌鸦，乌鸦发出几声啼鸣。船外的江面上，夜色茫茫，此时弥漫的满天霜华，似乎铺天盖地而来。诗人的小船停泊在枫桥边，月色阑珊，江上的枫桥影影绰绰，似乎只能看到一个轮廓。透过雾气蒙蒙的江面，可以看到岸边停泊的渔船上，那星星点点的渔火，一闪一闪的，在这幽暗的深夜，显得格外引人注目。孤单寂寞的诗人，面对这些景致，久久不能入眠，就让他们陪伴着自己吧。突然，城外寒山寺的钟声响了起来，穿透这寂静的深夜，飘到诗人的耳中，仿佛是诗人的思绪一样，传播扩散。

前两句“月落乌啼霜满天，江枫渔火对愁眠”写到了西落的冷月、啼鸣的乌鸦、满天的降霜、江上的枫桥、明暗的渔火、不眠的旅人，意象十分密集。后两句“姑苏城外寒山寺，夜半钟声到客船”中的一城、一寺、一船、一阵钟声，却是空旷疏离。两种意境相对比，一静一动、一明一暗，景物搭配与人物心境达到了深度交融。

我们看诗的首句，月落夜深，繁霜暗凝。在如此幽暗静谧的环境中，孤独漂泊的人，总是对寒冷寂寥的夜晚格外敏感。

所谓“霜满天”并不符合自然实际，霜是在地上而不是在天上，“霜满天”其实是在表达诗人在寒夜里的感受。他感到透骨之寒从四周包围了自己，好像整个冰霜铺天盖地而来。寒意侵肌刺骨，小舟夜泊孤栖，船外江上，茫茫夜色中，弥漫的是满天霜华。

“月落乌啼霜满天”，月落是所见，乌啼是所闻，霜满天是所感，层次分明、先后承接，从时间空间，到对时空的感觉，和谐地统一于这深秋之夜，清冷的氛围之中，衬托了诗人客居他乡的孤独寂寞的心境。

诗的第二句，“江枫渔火对愁眠”，接着描绘了“枫桥夜泊”的景象和旅人的感受。月影稀疏，夜色朦胧，江上的枫桥只能看到一个模糊的轮廓。

透过雾气茫茫的江面，可以看到岸边船上星星点点的“渔火”，在周围昏暗迷蒙的背景衬托下，显得格外突出。此时，再引出那个独自面对霜夜、孤单寂寞、久久不能入眠的旅人，自然无华，又别有用心。

一个“对”字，既是面对江南夜景的欣赏陶醉，又是江景与诗人为伴。两者完美融合，虽是萦绕的缕缕轻愁，但画面绝配，颇见用心。

诗的第三句和第四句，“姑苏城外寒山寺，夜半钟声到客船”，只描写了一处景，写了一件事。那就是，在前面诸多景致的衬托之下，诗人在寂静的深夜里，听到了寒山寺的钟声。景物虽少，但尤为重要。

寒山古寺积淀了丰厚的人文气息，有包容一切的胸怀和气势，在寂静的夜里，寒山寺的钟声显得格外浑厚庄严，诗人的愁思也随着这钟声延伸、扩散，意蕴深远，让人回味无穷。这是诗人在枫桥夜泊中，所得到的最深刻、最具诗意美的感觉。

据说，寒山寺在枫桥以西不到一里的地方，初建于梁代，唐初有位著名的诗僧叫寒山，曾住于此，因而得名。枫桥的景致优美，诗意更美，有了这座古刹与之遥相呼应，便带上了历史文化的色泽，意蕴显得更加丰富，引人遐想。因此，这寒山寺的“夜半钟声”也就仿佛回荡着历史的回声，渗透着宗教的禅意，给人一种古雅庄严之感。诗人之所以用一句诗来点明钟声的出处，看来不无因由。有了寒山寺的夜半钟声这一笔，“枫桥夜泊”之神韵才得到最完美的表现。

后来，不管张继做官还是不做官，他都不求功名利禄，只保留一颗禅心。而他的这首诗，也慰藉了世世代代的人。《唐才子传》评张继的诗说，“诗情爽激，多金玉音”；唐人高仲武则评价为“不雕而自饰，丰姿清迥，有道者风”。正是因为张继的精神世界有道有禅，内心才没有功名利禄。他在那个浑浊的世道中，独自傲霜迎雪，只留诗情诗意长存心中。

延展阅读

邮亭　张继

云淡山横日欲斜，邮亭下马对残花。

自从身逐征西府，每到开时不在家。

宿白马寺　张继

白马驮经事已空，断碑残刹见遗踪。
萧萧茅屋秋风起，一夜雨声羁思浓。

第四章

登高

骆宾王义愤檄武曌，一戎衣何日定天下

在军登城楼

骆宾王

城上风威冷，江中水气寒。

戎衣何日定，歌舞入长安。

余秋雨曾在《行者无疆》中写道：“中国传统文学中最大的抒情主题，不是爱，不是死，而是怀古之情、兴亡之叹。”代表中国传统文学巅峰的唐诗，便是对这句话最好的印证。

家国情怀是中国传统文人最强烈的集体意识，也是最浓厚的精神底色。在中华民族上下五千年的历史长河中，那无数诗篇就是最好的注脚。屈原“国无人莫我知兮，又何怀乎故都”的哀叹，杜甫“国破山河在，城春草木深”的悲吟，谭嗣同“我自横刀向天笑，去留肝胆两昆仑”的呐喊……这些深入骨髓的家国情怀，如一条绵延不断的河流，荡涤着每一位炎黄子孙的灵魂。

在烟波浩渺的诗篇中，有一首可以称作风骨中的榜样、气节中的典范，它的字里行间，都体现着一种魂系家国的责任担当和情牵黎民的使命驱策。它便是骆宾王的《在军登城楼》。

说起骆宾王，我们脑海中首先浮现的便是那首妇孺皆知的《咏鹅》。

鹅，鹅，鹅，曲项向天歌。
白毛浮绿水，红掌拨清波。

写下这首诗的时候，骆宾王只有七岁，是当之无愧的“神童”。也正因如此，家人都对他寄予厚望。他们希望骆宾王长大后能够建功立业，造福黎民。

少年时的骆宾王四处游学、刻苦攻读。二十二岁时满怀信心地进京赶考，本以为春闱一搏，从此鹏程万里，可出乎意料的是，骆宾王落榜了。之后，他意志消沉、四处游荡，结交三教九流之人，被冠上了“落魄无行”的坏名头，着实让人惋惜。

少年骆宾王受到王公贵族们的赏识。机缘巧合之下，骆宾王被唐太宗的弟弟道王李元庆发现了。

李元庆非常欣赏骆宾王的才华，为了能使他早日为国效力，甚至破例准许骆宾王“自叙所能”，允许他自己选择适合发挥才干的职位。这相当于免试的待遇，是多少读书人梦寐以求的美事。

可接到道王的邀请后，骆宾王不但不高兴，反而上了火，最后还义正词严地写了一篇《自叙状》：“……说己之长，言身之善；腼容冒进，贪禄要君；上以紊国家之大猷，下以渎狷介之高节；此凶人以为耻，况吉士之为荣乎？”骆宾王的意思是，承蒙道王看得起，但这是故意让我掩饰自己的不足，鼓吹自己的长处。果真这样做，岂不是要背上“冒进”“贪禄”的恶名？这往大了说是扰乱国家制度，往小了说是有损正人君子的高风亮节，有德之士怎可不以为耻反以为荣呢？

你看，骆宾王就是这么耿直刚正，恪守传统士大夫的操守。他毅然放弃了这次一步登天的机会，不久就离开了道王李元庆，在而立之年过起了躬耕垄亩、饮茶赋诗的乡野生活。

可是生活毕竟不能只吟诗作赋，也要有柴米油盐。日子久了，骆宾王的生活变得有些拮据，他只好再一次入仕求官。公元666年，唐高宗到泰山封禅，骆宾王写了一篇《为齐州父老请陪封禅表》，极力颂扬高宗的功德。唐高宗一高兴便赏他做了奉礼郎。官虽然不大，但他总算正式步入了仕途。

如果你以为，此时的骆宾王终于学会了人情练达、圆滑处世，那就大错特错了。骆宾王还是那个耿直的骆宾王，一辈子也没学会如何讨好上司，如何与同僚搞好关系，依然兢兢业业、不徇私情，结果得罪了很多人。当官后没多久，他的老毛病就又犯了，很快就被贬到边关从军去了，不到一年又被调至四川做了一个军中幕僚。

闻一多在《唐诗杂论》中评价骆宾王说：“天生一副侠骨，专喜欢管闲事、打抱不平、杀人报仇、革命、帮痴心女子打负心汉。”“帮痴心女子打负心汉”的事儿，就发生在骆宾王驻留四川期间。

故事里的“负心汉”是骆宾王的故交好友，也是与他和王勃、杨炯并称“初唐四杰”的卢照邻。在骆宾王到达四川之前，卢照邻也在四川做官，还爱上了当地一位郭姓女子，两人的感情很好。后来卢照邻奉调还京，就没再与郭氏联系。郭氏在心灰意冷的时候，巧遇骆宾王，并给他讲述了自己的遭遇。骆宾王是个热心肠，碰上这种事，还是自己哥们儿干的，焉能坐视不管！

他当即代郭氏传书，声讨卢照邻，并附上一首长诗《艳情代郭氏答卢照邻》，洋洋洒洒三十二行，痛斥好友的朝三暮四、移情别恋。只不过他不知道，卢照邻并非始乱终弃，而是返京后身染重疾，才没能及时与郭氏联系。可见骆宾王喜欢打抱不平的性格，也有不少冲动的成分。

公元683年，随着唐高宗的去世，唐朝发生了一件翻天覆地的大事，骆宾王也被推到了时代的风口浪尖之上。武则天擅行废立之事，她临朝称制，排斥异己，俨然有夺取李氏江山的势头。

此时的骆宾王已年过花甲，只是一个芝麻大小的官，在封建社会，只要安心拿着国家的俸禄，混混日子，等到退休落叶归根，就可以安享晚年了。

但骆宾王可不这样想，连痴男怨女的爱恨情仇，他都要站出来主持正义，面对江山易主的国家大事，他若是袖手旁观的话，“骆宾王”这三个字岂不是白叫了？

机会终于来了。公元684年，徐敬业反对武则天的临朝称制，在扬州起事，讨伐武氏。骆宾王总算找到志同道合的人，他二话没说，直接去了扬州，投靠了徐敬业，并在起义队伍中担任艺文令，掌管文书机要。既然要干大事业，那就得拿出点儿真本事，于是骆宾王慷慨激昂地写下了那篇著名的檄文——《代李敬业（即徐敬业）传檄天下文》，也就是通常说的《讨武曌檄》。

檄文就是宣战书，由于体裁的限制，一向难出佳作。但骆宾王这篇檄文，短短四百余字，写得斗志昂扬、铿锵有力，而且引经据典恰到好处，抨击讽喻入木三分，历数武氏累累罪行，堪称古今檄文之极品。

尤其是篇末“一抔之土未干，六尺之孤何托”，直言先帝的坟土尚未干透，我们的幼主却不知被贬到哪里去了。简简单单一句话，既表明己方是大义所在，也毫不留情地揭露了武则天的篡逆之举。这话恐怕只有天才煽动家才能说得出来。就连武则天自己，读到此处也不禁拍案叫绝，还惋惜地对身边的大臣说，骆宾王这样的才能，却不能为我所用，这实在是宰相的过错啊！

酣畅淋漓地骂完武则天，骆宾王也没闲着，他一边帮忙招募义军，一边忙着宣传起义工作。看着日益壮大的队伍，他对复唐大业充满了希望。

那是深秋的一个清晨，秋风萧瑟，白露成霜。扬州城虽然仍如往常一样安静，但在这安静之下却是暗流涌动。此时反抗武则天的义军正在向扬州迅速进发，武则天也派出大军前来扬州镇压叛乱。两军相遇，大战一触即发。

这时，骆宾王漫步登上了扬州城楼，眺望远方。他见到远处的江面水汽弥漫，义军将士们严阵以待，一时兴起，吟诵出《在军登城楼》这篇千古佳作。

这首《在军登城楼》遣词造句有一股磅礴的气势，正如《神雕侠侣》中那把大巧不工的无锋重剑一般，能让人在极其平凡的文字之中，感受到深沉的力量。

迎着冷冽的风，骆宾王登高远望，把我们的视线带到了远处的江面。前两句“城上风威冷，江中水气寒”，与荆轲在《易水歌》中所吟唱的“风萧萧兮易水寒”暗合。或许那时的骆宾王也想到了当年刺秦的荆轲，两人都背负着挽狂澜于既倒的重大使命。面对强敌，他们也都有着视死如归的决心。二人的诗句不约而同地描写出了一种风冷水寒的景象，营造了一种寂寥凄冷的氛围，给人以肃杀之感。

随后，骆宾王又自然地将我们的视线拉回到眼下，他看到身着戎衣、严阵以待的将士，对未来的胜利充满了信心。这样的信心使骆宾王仿佛看到了不久之后，自己将会在长安与将士们一起载歌载舞的场景。“戎衣何日定，歌舞入长安”自然而然地吟诵而出，视角由远及近，情绪也从凄冷萧索变成了满腔热血，字里行间洋溢着一种自信、坚定的力量。

这首诗虽然短，但是与《讨武曌檄》一样，不仅在情绪表达上非常饱满，而且引经据典恰到好处，了解典故的内涵，能够帮助我们更好地了解骆宾王创作此诗时的意图与情感。

第一个典故在“城上风威冷，江中水气寒”这两句中。骆宾王借用了梁元帝萧绎《讨侯景檄文》中的“信与江水同流，气与寒风俱愤”，来抒发自己对武则天的愤怒之情。

故事是这样的，侯景是南北朝时期东魏的叛将，被南朝的梁武帝萧衍收留。后来，梁朝与东魏两国通好，侯景担心东魏要求梁朝将自己交出来，于是恩将仇报，以清君侧为名起兵叛乱，攻占了梁朝都城，俘虏了梁武帝，并在扶植了三个萧氏后人做傀儡皇帝之后，自立为帝。后来，梁武帝的第七个儿子萧绎，在肃清其他宗室势力后，开始集中兵力讨伐侯景，并写下了这篇《讨侯景檄文》。骆宾王正是借用梁元帝讨伐侯景的典故，将武则天比喻成乱臣贼子，向天下表明了己方铲除奸邪、匡复正道的立场。

第二个典故在“戎衣何日定”这句中。骆宾王在这里借用了《尚书 · 周书 · 武成》中“一戎衣，天下大定”的典故，说的是周武王身穿戎衣起兵伐纣，最终平定天下的事。骆宾王借用这个典故，是要告诉世人，讨伐武曌是正义的，是替天行道。

只可惜，骆宾王所向往的理想终究没能实现。由于徐敬业战略失误，这场轰轰烈烈的起义，不足三个月就匆匆落幕……徐敬业兵败而亡。六年之后，武则天登基称帝，成为中国历史上第一个，也是唯一一个女皇帝。

在执政的大部分时间里，武则天展现出了较高的政治才能。她创立了殿试和武举制度，破格选用人才；她整顿吏治，对贪赃枉法之徒严惩不贷。就这样，为后来的“开元盛世”贡献了不少贤官干吏。

而当年写下这首诗的骆宾王呢？起义失败后，他不知去向。他虽然没能实现心中抱负，却以耿直坦荡、仗义执言的性格向世人宣告——这一生，我绝不会低头！

延展阅读

登兖州城楼　杜甫

东郡趋庭日，南楼纵目初。
浮云连海岱，平野入青徐。
孤嶂秦碑在，荒城鲁殿馀。
从来多古意，临眺独踌躇。

登柳州城楼寄漳汀封连四州刺史　柳宗元

城上高楼接大荒，海天愁思正茫茫。
惊风乱飐芙蓉水，密雨斜侵薜荔墙。
岭树重遮千里目，江流曲似九回肠。
共来百越文身地，犹自音书滞一乡。

自由豁达王之涣，工整有理流水对

登鹳雀楼

王之涣

白日依山尽，黄河入海流。

欲穷千里目，更上一层楼。

“感人心者莫先乎情”，诗人在感时伤怀或心情愉悦之时，总不免吟诵一两句诗来抒发感情。在那些或飘逸，或深远，或磅礴的诗中，寄托了多少人世的爱恨缠绵、离愁别绪，寥寥数语承载了诗人满腔的深情。华丽也罢，平淡也好，文字只是一个载体，承载着诗人与万物的对话，或倾述多舛的命运，或抒发丰富的情感。

诗人在心中涌动着各种情感时，都会不约而同地登高抒怀。比如王维的《九月九日忆山东兄弟》：“遥知兄弟登高处，遍插茱萸少一人。”想念的是家乡，是亲人。而同样是写离愁，李商隐的《代赠》里，“芭蕉不展丁香结，同向春风各自愁”，写的是女主人公凭栏远眺，却连眼前的芭蕉和丁香都含愁不解，愈添伤感。

当诗人们吊古伤今，感到怀才不遇、抑郁不平时，他们也会登高抒怀。当陈子昂登上古老的幽州台，眺望着祖国北方壮丽的河山，不能不唱出慷慨激越的《登幽州台歌》，这是一个有远大理想的俊才，因为遇不到可以同心协力建立功业的知音，感到的悲愤。杜甫政治生涯坎坷，他登上岳阳楼时，胸中就涌起漂泊天涯、沧海桑田等诸多感触。他从来没有放弃“致君尧舜上，再使风俗淳”的抱负，哪里想到竟一事无成，昔日的抱负，今朝都成了泡影。因此他吟出《登岳阳楼》中“戎马关山北，凭轩涕泗流”之句。

忧国忧民时，诗人们还是会在登高远望之际思古怀今。李白登上凤凰台，沉浸在对历史的凭吊中，感叹于金陵的繁华一去不返，同时为当今皇帝被佞邪所蒙蔽而感到忧心不已。因此他无奈地吟诵了一首《登金陵凤凰台》，感叹“总为浮云能蔽日，长安不见使人愁”。李益在《上汝州郡楼》里写道：“黄昏鼓角似边州，三十年前上此楼。今日山城对垂泪，伤心不独为悲秋。”三十年前曾上此楼，三十年后再登此楼，风景不殊，举目有江河之异，怎能不为国运的浮沉而悲怆呢？

登高抒怀的诗人众多，王之涣亦是其中的高手。

记载王之涣的史料非常少。因为他一辈子就只当过衡水主簿、文安县尉这样的小官，所以新旧唐书都没有关于他的记载，《唐才子传》里也只写了寥寥几行，说他“少有侠气，所从游皆五陵少年，击剑悲歌，从禽纵酒”。

直到清朝末年，人们挖出了一块碑石，上面刻有唐朝人靳能为王之涣所作的墓志铭。据这段墓志铭记载，王之涣生于名门望族，祖辈一直做官。他自己也是个德才兼备的君子，“孝闻于家，义闻于友，慷慨有大略，倜傥有异才”。后人得以从零散的文字当中，拼凑出一个侠义慷慨、忠孝两全的王之涣。

王之涣之所以有这样的性格，可能与他的成长环境有关。从汉末到隋唐，最有名的是七大名门望族，王之涣就出身于其中之一的太原王氏，因此王之涣从小就过着优渥而闲散的生活。他讲义气，喜欢结交豪侠子弟，常常与志同道合的朋友击剑悲歌，饮酒斗诗。

由于不怎么努力读书，因此他参加过几次科举考试，都名落孙山。不过他聪敏善学，再加上族中有两个文章写得很出色的兄弟王之咸和王之贲，在他们的悉心指导下，王之涣很快就掌握了读书的方法，不到二十岁就对吟诗作对颇有研究，有很深的文学造诣。

王之涣出生时大唐正处在全盛阶段，他去世的时候盛唐也还没有结束。也正是因为如此，他切身感受着大唐的恢宏气魄，笔下的诗写得气势昂扬，大气磅礴。《王之涣墓志铭》里称他的诗“尝或歌从军，吟出塞，皦兮极关山明月之思，萧兮得易水寒风之声，传乎乐章，布在人口”。

凭着祖辈的荫庇，他当上了冀州衡水主簿，相当于当了个县长秘书。别看王之涣官做得不大，却是个风流人物。他的诗作总会被谱成曲子传唱于坊间井巷。也许正是因为王之涣才高八斗、风流倜傥，他的上司李涤看中了他的才华，才将自己的三女儿许配给他续弦。

这时是开元十年，王之涣已经三十五岁，而李涤的爱女才十八岁，但这并没有阻止两个人的爱情。李氏是个贤惠的妻子。她不求王之涣当什么大官，只要能长相厮守就心满意足了。

有了爱情的滋润，又当了个小小官吏，衡水百姓又崇拜他的人品与文才，王之涣日子过得很逍遥。他本来就是没什么宏图大志的人，只想自由自在地生活。他不屑于蝇头小利，不愿在官场同流合污，因此影响了一些人的利益，婚后没多久，就有人诬陷、攻击王之涣。

心高气傲的王之涣不愿多作解释，他本来就是豪放坦荡之人，权势厚禄他见得多了，蝇营狗苟在他潇洒的灵魂面前根本不值一提，他问妻子李氏："我已经不屑于继续留在这肮脏的官场了，如果我辞官，你可愿意与我一起云游四海？"李氏答应了，只要王之涣活得开心，她就甘愿跟着他过清贫的日子，愿意陪他在物资匮乏的生活里一日日熬过去。于是，王之涣潇洒地辞官而去，开始云游四方，吟风弄月，在清贫的生活中找到了内心的安宁。

这一天，他来到山西永济市蒲州古城，当地有一座著名的鹳雀楼，就修建在高高的山坡上，下临黄河，背靠高山，气势雄伟，引起人们登临的欲望。王之涣拾级而上，凭栏远眺，夕阳照在滚滚的黄河之上，让人心胸开阔。他觉得心情大好，虽然赋闲在家，他却毫不沮丧。失业有什么大不了的呢？我现在还不是可以站在高处眺望这盛唐美景吗！

王之涣心中激荡起一种积极攀登的勇气，嘴边轻轻吟出《登鹳雀楼》。这首诗写出来之后，迅速在百姓间流传开来，成为妇孺皆知的五言绝句。

从字面上看，这首诗写的景象和哲理都没有什么特别的地方，无非是描写了夕阳下的黄河奔流入海，想要看到更远的地方，就应该再登上一层楼。《唐之韵》栏目谈及这首诗时这样说道：“四句二十个字，字不奇，句不奇，景不奇，情不奇，但却展现出如此磅礴的气势，这简直是奇迹！”

王之涣的确创造了这样的奇迹，他这首诗妙就妙在境界上。诗的前两句，“白日依山尽，黄河入海流”，王之涣用白描的手法写出了开阔辽远的意境：一轮落日在连绵起伏的群山间西沉，下面是奔腾咆哮的黄河，湍湍地流向大海。

仅仅用了十个字，把上下、远近、东西全都容纳进来，意境极为开阔。太阳、高山、黄河、大海构成了宏伟的空间意象，创造出一种万象迭现、众彩纷呈的高远意境；“尽”和“流”两个动作构成了一个永恒流逝的时间意象。读这两句，仿佛置身于浩渺的宇宙时空之中，转瞬之间，天地河海、日月星辰都纳于胸际，有视通万里、俯仰古今之气。

在艺术手法上，这两句虚实结合：“白日依山尽”是远空之景，也是实在之景。白日被群山托起，是诗人亲眼所见，是真真切切的实写。“黄河入海流”是旷地之景，也是想象之景——鹳雀楼在山西蒲州，距离黄河入海口九百多公里。换言之，置身此楼是不可能望到黄河入海的。但王之涣通过想象造景，括天地而贯东西，揽实景而追虚象，景与意巧妙融合，让人看不出一点“虚”的痕迹，把实物与虚景完美和谐地结合在一起，还让画面的广度和深度都得到了拓展。

无比壮丽的景观把人的情绪提到最高点。在那一刻，诗人一定想到了自己在无拘无束的日子里，那悠哉闲散的潇洒，每一分每一秒都由自己掌控。哪怕粗茶淡饭但心甘情愿，因为他从来不把功名利禄放在眼里。他要的，一直都是内心的自在。然而内心的自在不同于得过且过，想要获得真正的自由，需要更多的努力，这种思绪蕴积，进而催生出“欲穷千里目，更上一层楼”的名句。诗人把积极进取的精神面貌和盘托出，同样也反映了昂扬向上的盛唐气象。

这两句背后蕴藏着一个哲理，但绝不仅仅是“站得高才能望得远”。宇宙时空是无穷的，太阳周而复始地降落又升起，黄河奔流不息入海，真理的长河也不停向前，因此，故步自封是没有出路的，人类必须不停地攀登，永不满足。这样看来，“欲穷千里目，更上一层楼”背后所蕴藏的道理，就充满了哲学意韵：要使自己的人生变得有意义，就必须积极进取，追求不息，最大限度地获取事业的成就，创造人生的辉煌。

其实，写诗最忌讳说教，因为那会使诗显得枯燥而生硬。但《登鹳雀楼》妙就妙在把景与理、景与情、情与理融为一体，天衣无缝。诗人登上鹳雀楼，望见夕阳西下、黄河奔流，想要视野更加开阔，于是继续攀登，所有的动作都在一个时间序列之中，无半点迂回曲折，也没有一丝发散跳跃，所说之理仅仅是诗人的一个自然而然的举动，而非凭栏远眺生发出来的感慨。

这首诗的好，还不止于说理自然。从修辞格式上来说，一首绝句能够做到全篇对仗、工整流畅，而又不因对仗格式而呆板做作——《登鹳雀楼》绝对算得上典范。前两句“白日依山尽，黄河入海流”是正名对。名词对名词，动词对动词，“白日”与“黄河”有颜色对仗，“依山尽”与“入海流”有动态的对仗，读起来工整有力，能让人感受到一幅和谐辽阔的画卷展现于眼前。后两句“欲穷千里目，更上一层楼”是流水对。上下句有前后顺序，一气贯穿如流水般顺畅，还能把生活智慧囊括其中，自然地表达出来，足见诗人功力。

王之涣从鹳雀楼回来，一些亲朋好友不忍他浪费自己的一身学问，劝他再次入仕，不要放任余生在平平淡淡中度过。王之涣思量再三，最后还是听从了大家的建议，去文安郡当了个芝麻官。这对于满腹才华的王之涣来说，无疑是大材小用。但即使这样，他依然尽忠职守，清正廉明，颇受十里八乡百姓的爱戴。

可惜好景不长，王之涣赴任不久不慎染病，撑了没几天，最终在五十五岁的年纪，走完了一生。王之涣死后，他表弟帮其整理诗集，失手将这些作品烧毁了。因此，世间留存的王之涣的诗只有六首。然而宝贝贵精不在多，仅凭《凉州词》与《登鹳雀楼》，王之涣就足以睥睨诗坛，流芳千古。

唐代司空图的《二十四诗品》谈“豪放”时评《登鹳雀楼》说：“观花匪禁，吞吐大荒。由道返气，处得以狂。天风浪浪，海山苍苍。真力弥满，万象在旁。前招三辰，后引凤凰。晓策六鳌，濯足扶桑。”如此看来，《登鹳雀楼》可谓是豪放中的杰出代表了。而这种境界，其源头显然是那个充满了朝气和激情的时代。

在那个政治经济都飞速发展的盛唐，文人们内心都充满了对未来的期许，即使身处挫折之中，他们也总能放眼前方，憧憬未来。因此，李白豪迈地喊出“长风破浪会有时，直挂云帆济沧海”；王勃满怀信心地歌唱“老当益壮，宁移白首之心；穷且益坚，不坠青云之志”。

在那个时代，人们不知道何为失望，何为颓废，他们拥有无限的可能。那是时代赐予他们最珍贵的礼物，更是王之涣这首《登鹳雀楼》留给我们的精华所在。

延展阅读

登鹳雀楼　畅当

迥临飞鸟上，高出世尘间。
天势围平野，河流入断山。

同崔邠登鹳雀楼　李益

鹳雀楼西百尺樯，汀洲云树共茫茫。
汉家箫鼓空流水，魏国山河半夕阳。
事去千年犹恨速，愁来一日即为长。
风烟并起思归望，远目非春亦自伤。

崔颢登高黄鹤楼，望远怀乡遣忧愁

黄鹤楼

崔颢

昔人已乘黄鹤去，此地空余黄鹤楼。
黄鹤一去不复返，白云千载空悠悠。
晴川历历汉阳树，芳草萋萋鹦鹉洲。
日暮乡关何处是，烟波江上使人愁。

登高望远，凭吊古迹，这是中国传统文人印刻在骨子里的习惯。但在登高的过程中，他们又不只是饱览风景、放松心情，还要抒发心中感想，排解心中烦闷，于是便提笔作诗，将自己的所思所想记录下来。这些诗篇，并未因岁月流转而味道寡淡，反而在不同的时期和阶段，给人以不同的感受与感悟。

在有唐一代，涌现出众多以“登高”为题材的名篇佳作。比如，崔颢的《黄鹤楼》便是其中翘楚。若说唐代是一个浪漫、张扬、恣肆表达自我的朝代，那么，出身于顶级门阀士族家庭的崔颢无疑就是活得最飞扬、最潇洒、最畅快的那个。日日饮酒欢歌，崔颢早年的生活里流淌着酒香与脂粉香，他随意挥毫作诗，以纵横才气博得佳人一笑。这些以闺中情趣为内容的诗作，为崔颢赢得了浅薄浮艳的诗名，没有给别人留下什么好印象。唐代书法家李邕听闻崔颢颇有才气，便邀请他来到家中做客。可是当李邕看到崔颢写的那些香艳诗篇后，这位正统文人便对崔颢极为不满，一直嚷嚷道：“小儿无礼！”从此断了与崔颢的往来。

崔颢早期的官场生活并不如意。由于他诗名不显、人品不彰，得不到朝臣推举，因而他在仕途上也极为不顺。尽管中了进士，可他却无法在朝中立足。远离长安城的崔颢，开始了他浪迹江湖的日子。

在外人看来，崔颢这二十年的漂泊生涯过得实属不易。可是，在这漫长的漂泊生涯中，崔颢却饱览名山大川，一路开阔视野。有了此番经历后，他不再是以往那个在温柔乡里醉生梦死的浪荡才子了；他的诗歌作品，从题材内容到语言风格也呈现出极为明显的变化。长达数年的边塞生活，极大地开阔了崔颢的眼界，他不再满足于创作以往那些描写闺阁情趣的诗文，而是以奔放雄浑的诗句歌颂边塞将士的勇猛。

如果要论气势恢宏雄大、艺术成就高妙，那么《黄鹤楼》一诗当为唐人七律第一。

传说中那脱凡成仙的得道真人在此乘着黄鹤远远飞去后，这里便只留下一座空空荡荡的黄鹤楼。黄鹤飞去之后，再没有返回此处，千百年来这里只有朵朵白云飘悠而过。在阳光照耀下的晴明江面，清晰可见汉水北岸的碧树；芳草茂盛的鹦鹉洲更是看得分外清楚。此时已近黄昏，我却不知哪里才是我的故园，望着烟波浩渺的江面，更加增添了心中的烦愁。

崔颢的这首诗作不仅成为题咏黄鹤楼的绝唱，更成为唐人登高题材诗作的典范。据说，李白与杜甫同游黄鹤楼时，李白被眼前美景触动，便想题写诗文抒发情感。然而当他看到崔颢的《黄鹤楼》一诗时，直接摆手作罢说，“眼前有景道不得，崔颢题诗在上头”。后来，李白写了一首《登金陵凤凰台》，传说就是为了与崔颢的《黄鹤楼》一较高下。

连“诗仙”李白都如此夸赞，可想而知，崔颢这首诗的影响有多么深远。当然，也有人认为，李白并没有做出这样的“事迹”，他与崔颢“斗诗”一事，也不过是民间传说，不足为信。但对于我们今人来说，这个流传许久的故事，反倒是从另一个侧面证明了崔颢的过人才气及这首《黄鹤楼》的艺术魅力。

说到《黄鹤楼》这首诗的妙处，那么首先便要从它独有的美学意蕴入手分析。昔日的仙人乘着黄鹤远去，本是虚无缥缈之事，崔颢以此虚幻之事起兴，给诗歌营造出一种无尽想象的艺术空间。传统文人作诗，讲究的是含蓄美。一语点破道尽固然觉得畅快淋漓，但这毕竟不是传统诗词最高的艺术境界。像《黄鹤楼》中的首联二句，将虚幻之事与现实之景结合起来，打通古今，给人以突破时空局限的艺术美。

再看颔联两句，远远飞去的黄鹤本已是虚无缥缈，而空中那千载流转的白云，更是将这种缥缈之感推向极致。我们不妨展开想象的翅膀——悠悠天地之间，没有什么事物是可以恒久留存的，不论是昔日的黄鹤还是今日的流云，一切都在变化着、逝去着，正是因为没有永恒存在的事物，人类个体的存在和感受相对于无涯的历史长河来说也不过是须臾片刻，因此，站在黄鹤楼上的崔颢才会产生无尽空虚的人生体验。

可是，正因为人生有限，才更应该趁早建立功业，以免老来落得个懊悔的下场。无奈的是，崔颢本人并没有趁年轻时实现身为一个读书人的个体价值，而是沉湎于酒色、流连于闺阁。或许，他在登上黄鹤楼，眺望远景时，心中也曾产生过一丝丝悔恨吧。

崔颢在黄鹤楼上停留的时间可真不短。颈联里所谓“晴川历历汉阳树”，说的便是明媚阳光照耀下，江面呈现出一片晴明；而到了尾联中却说“日暮乡关何处是”，日暮便是太阳西斜的黄昏时分。从时间上的推移和转换可知，崔颢来到黄鹤楼绝非如同现在的网红博主那样只为在景点拍照打卡，而是登高怀古思乡，再反思一下过往，思考一下人生。

登高远望，欣赏优美景色，本来可以怡情悦性、振奋精神，可是崔颢在登高远望的过程中，反而生出了这许多忧愁。面对满眼美景，内心却泛起了愁绪，难道崔颢是因为思念故土、思念家乡吗？并不全是。

生于世家大族的崔颢，头顶着“博陵崔氏”的光环，虽然过着富足逍遥的生活，可是他在仕途上始终不得志，这对于旧时的读书人而言，可谓是极为忧伤的事情。

宦海浮沉，很容易磨掉一个人的心气。尤其是像崔颢这种出身好、才情高并且还有些自命不凡的传统士人，更是因此而心情郁闷。

在盛唐时期，多少文人把建功立业视为毕生的追求与渴望。崔颢也不例外。尽管他的青年时代如此放浪形骸，可到底他骨子里也始终秉持传统文人的价值取向，以仕途功名为重。而在此后数十年辗转漂泊的羁旅生涯中，崔颢从他个人的小天地中走出来，随着眼界的扩展和经历的丰富，他开始由衷地希望能够做些什么，并不再是简单地追求功名。

然而，现实并未对这个心怀壮志的诗人温柔相待。转眼间，崔颢已不再年轻却依然壮志难酬。他如何不忧愁呢？在这忧愁烦恼之中，既有心有壮志不得实现之烦闷，又有长年远离家乡故土之思愁。如果将崔颢内心的愁苦，放置在首联虚实结合的意境中，那么这愁苦便得到了无限的延展，这意境便平添了一层灰暗的色调。今人读来，依然会被这沉甸甸的愁绪所感染。

不过，崔颢在诗中虽然抒发了世事无常的感受以及心中压抑许久的愁绪，可整首诗依然呈现出一种苍莽壮阔的美感。这大概是因为，生活在那样一个恣意舒展的时代里，诗人哪怕个体仕途不得志，也依然保留着壮志情怀。旧时文人有"文以气为主"之说，崔颢的《黄鹤楼》便是彰显时代气息的典范之作——它雄浑开阔、气象万千，既富于色彩缤纷的美感，又具有豪迈纵横的意境。

站在高耸入云的黄鹤楼上，不仅可以观赏壮丽的远景，更可以感受世事的变迁。我们在崔颢的诗作中，亦可见出后世无法复制的盛唐气象。在这样的时代里，即便是失意文人，也保持着内心的余温；即便是满怀忧愁，也不减内心的志气。崔颢作此诗时，即景生情，一气呵成，诗中不见任何矫饰，唯见一片真挚情感。越是真实的，越是经得起时光的锤炼。直到今天，我们读来，依然深有触动，这便是真情实感才具有的文学魅力。因其情感真挚，我们见诗如见人，所以更觉得《黄鹤楼》一诗兴味无穷，值得反复吟咏、品读。

南宋诗论家严羽在《沧浪诗话》中评道：“唐人七言律诗，当以崔颢《黄鹤楼》为第一。”不论是从这首诗中体现出的美学意蕴，还是从诗中流露出的真挚情怀，我们都可以由一首诗而领略到唐诗创作的巅峰水准以及盛唐文人的精神境界。

延展阅读

鹦鹉洲送王九之江左 孟浩然

昔登江上黄鹤楼，遥爱江中鹦鹉洲。
洲势逶迤绕碧流，鸳鸯鸂鶒满滩头。
滩头日落沙碛长，金沙熠熠动飙光。
舟人牵锦缆，浣女结罗裳。
月明全见芦花白，风起遥闻杜若香。
君行采采莫相忘。

望黄鹤楼　李白

东望黄鹤山，雄雄半空出。
四面生白云，中峰倚红日。
岩峦行穹跨，峰嶂亦冥密。
颇闻列仙人，于此学飞术。
一朝向蓬海，千载空石室。
金灶生烟埃，玉潭秘清谧。
地古遗草木，庭寒老芝术。
蹇予羡攀跻，因欲保闲逸。
观奇遍诸岳，兹岭不可匹。
结心寄青松，永悟客情毕。

云霞明灭天姥山，不事权贵李太白

梦游天姥吟留别

李白

海客谈瀛洲，烟涛微茫信难求；
越人语天姥，云霞明灭或可睹。
天姥连天向天横，势拔五岳掩赤城。
天台四万八千丈，对此欲倒东南倾。
我欲因之梦吴越，一夜飞度镜湖月。
湖月照我影，送我至剡溪。
谢公宿处今尚在，渌水荡漾清猿啼。
脚著谢公屐，身登青云梯。
半壁见海日，空中闻天鸡。
千岩万转路不定，迷花倚石忽已暝。
熊咆龙吟殷岩泉，栗深林兮惊层巅。
云青青兮欲雨，水澹澹兮生烟。
列缺霹雳，丘峦崩摧。
洞天石扉，訇然中开。
青冥浩荡不见底，日月照耀金银台。

霓为衣兮风为马，云之君兮纷纷而来下。
虎鼓瑟兮鸾回车，仙之人兮列如麻。
忽魂悸以魄动，恍惊起而长嗟。
惟觉时之枕席，失向来之烟霞。
世间行乐亦如此，古来万事东流水。
别君去兮何时还？且放白鹿青崖间，须行即骑访名山。
安能摧眉折腰事权贵，使我不得开心颜！

梦是一种幻觉，缥缈虚幻，如柳絮飞舞，似飞花坠地。俗话说，日有所思，夜有所梦，一个人心里想什么，就可能在梦里遇见什么。古往今来，有数不尽的诗人做梦、写梦、歌咏梦，从庄子梦蝶开始，梦就不断出现在诗人的作品中。梦充满了闲情逸致。无论是在诗人们午间小憩时，还是在隐士们松下打盹里，梦都在轻佻地跃动着，宋代诗人戴复古的《夜宿田家》就有“身在乱蛙声里睡，心从化蝶梦中归”的佳句。

梦还可以用来寄托思乡的情感。远涉江湖的游子，无论身处何地，总割舍不掉那份对故土的眷恋，于是在安静的深夜，那浓得化不开的乡愁就会出现在梦中，就像唐代诗人韦庄《含山店梦觉作》所写的那样：“灯前一觉江南梦，惆怅起来山月斜。”在那些时刻，梦成了离人们最为温馨的精神慰藉。

对那些求仕不济、怀才不遇的人来说，梦可以排遣心头的孤寂，诉说人生的无奈。在梦境之中，他们无奈地咀嚼那份人生的失意与迷茫，生命的落寞与悲苦，最终在梦中与自己和解。

公元744年，唐玄宗以“赐金放还”为名将李白逐出长安。三年的翰林待诏生涯，没能实现李白济苍生、安黎元的政治抱负，这是他有生以来最大的失败。他郁郁寡欢地出了翰林院，来到山东东鲁居住了一段时间。可是李白注定是不安分的，平静的日子没过多久，他便再一次踏上了漫游的征途。临行前，他与东鲁诸公一一道别，感怀这三年来的遭遇，想到自己离开长安已有一段日子了，但是遭受挫折的愤怨仍然郁结于怀，一腔愤懑变成了一首《梦游天姥吟留别》。

这首借梦游来抒胸臆的诗，准确地说，当属于游仙诗。但由于诗中身临其境般描写了登临天姥山时看到的奇景，浪漫绚烂，在古代诗歌中极为罕见，因此特归入本章当中。

全诗可以分为三个部分，分别是入梦、梦游、惊梦。

在开篇部分，李白用了对比和夸张的手法写出了天姥山的高大险峻。“海客谈瀛洲，烟涛微茫信难求；越人语天姥，云霞明灭或可睹。”首句先不说天姥山，而用比兴手法讲古代传说中的“瀛洲”——瀛洲是海外仙境，与蓬莱山、方丈山并称东海三座仙山。海外来客谈起这座仙山，都说烟雾缭绕、虚无缥缈，实在难以寻到确切地点；在现实中，也有这么一座随着云彩变换而时隐时现的山，这就是浙江人交口称赞的天姥山。

天姥山位于浙江省绍兴市新昌县境内，是道家七十二福地之一。传说登山的人能听到仙人天姥唱歌的声音，山因此得名。天姥山的附近有著名的天台山和赤城山，天台山的海拔约为1098米，差不多329丈，李白说它有“四万八千丈”，是做了夸张处理。对天台山高度的夸张，当然还是为了衬托天姥山——“天姥连天向天横，势拔五岳掩赤城。天台四万八千丈，对此欲倒东南倾”，意思是天姥山高耸入云，气势盖过山峰连绵的东南西北中五岳和赤城山，四万八千丈的天台山也要倾倒于它的脚下。

这雄伟的气势让李白心驰神往，于是他张开想象的翅膀，当年仗剑去国，辞亲远游时的所见所闻再次显现于脑海之中。联想到在现实中仕途失意，他只能寄希望于虚幻缥缈的神仙世界。“我欲因之梦吴越，一夜飞度镜湖月。湖月照我影，送我至剡溪。谢公宿处今尚在，渌水荡漾清猿啼。”李白因为浙江人对天姥山的描述，进入梦中，开始在绍兴来回穿梭，先是飞渡镜湖，随后被湖面上月光的倒影送到了剡溪……

镜湖又叫鉴湖，在绍兴南部。而剡溪，是绍兴东部的一条河。南朝诗人谢灵运游天姥山的时候，曾在剡溪附近居住，溪水清澈，水面上回荡着猿猴啼叫的声音。

接着，“脚著谢公屐，身登青云梯”。李白穿上谢灵运当年特制的木屐，登上谢公当年攀登过的石路。“青云梯”指的是直上云霄的路，因为天姥山在李白心中高高耸立，所以原本曲折蜿蜒的山路就变成了垂直向上的云梯。沿着云梯向上，到半山腰的地方，就看见从海上升起的太阳，听到半空中传来天鸡报晓的啼声。“半壁见海日，空中闻天鸡。千岩万转路不定，迷花倚石忽已暝。”这几句写了李白在山中见到的景观。山峦重叠，石路盘旋，山中光线幽暗，细看那迷人的山花，倚着石头休憩，不知不觉间暮色已悄然降临。

“熊咆龙吟殷岩泉，栗深林兮惊层巅。云青青兮欲雨，水澹澹兮生烟。”暮色中，熊在怒吼，龙在低吟，伴随着岩间淙淙的泉水声，震响于山谷之间，连山巅和深林都在颤抖。云层黑沉沉的，像是要下雨；水波动荡好像要升起烟雾。有生命的熊哮、龙吟，与无生命的泉水、山林、岩石、云雨、水波共同形成了一幅昏暗阴冷的画面。

如此景观已经足够让人惊叹，但李白和他的思绪并未在此止步。忽然“列缺霹雳，丘峦崩摧。洞天石扉，訇然中开”，电光闪闪，雷声轰鸣，山巅好像要崩塌似的，一扇秘境中的大门伴随着一声巨响从中打开，诗境从似真非真转入奇异虚幻，全诗在此处达到高潮。

“青冥浩荡不见底，日月照耀金银台。霓为衣兮风为马，云之君兮纷纷而来下。”这几句描写了天降神仙的气势。从敞开的秘境大门中，诗人看到蔚蓝无际的天空，日月同天，普照着金银做成的宫阙楼阁；云中的神仙结对而来，身穿彩虹做的衣裳，乘坐风形成的马匹。“虎鼓瑟兮鸾回车，仙之人兮列如麻。”这里没有森严的等级，也没有尔虞我诈的险恶人心，老虎为众神弹琴鼓瑟，鸾鸟驾着仙车，天地万物融为一体，仙人列队而来，好像是专门为了迎接诗人。

金银台、日月光、彩虹衣、风为马，此前的阴霾一扫而光，如今眼前一片光彩夺目，仙人列队只为诗人而来……这样的景象，固然是李白的想象，却也有道家传说和屈原诗歌的影子；甚至李白年轻时在四方的游历，中年度过的几年宫廷生活，也在他描绘的虚幻之境中留有痕迹。

正当李白沉浸在仙气缭绕的画面中时，突然梦醒了。他惊坐长叹，仿佛一下子从云端堕至地面，眼前只有枕席。“忽魂悸以魄动，怳惊起而长嗟。惟觉时之枕席，失向来之烟霞。”所有的繁华都在顷刻间化为乌有，诗人方才明白所有这一切，终归是一场梦。

醒来后的李白没有沉溺于梦境，他清楚地认识到“世间行乐亦如此，古来万事东流水”。纯粹的享乐，就像虚无缥缈的幻境一样转瞬即逝，万事万物不过如东流之水，一来寻常可见，无须大惊小怪，二来一去不返，不必挂在心上。

抒发了人生的失意与感叹之后，诗人才想起来，此次宴席是为了与朋友告别，那么席间自然会涉及一个问题：“别君去兮何时还？”此去东鲁，什么时候回来呢？李白给了这样一个回答——“且放白鹿青崖间，须行即骑访名山”——就暂且把白鹿放在青崖间，等到要远行的时候，就骑上它访遍名山大川。“白鹿”常作为神仙的坐骑出现在传说之中，这两句的意思是说，诗人希望像神仙一样，徜徉在山水之间，“须行”即行，不必在意什么时候出发，也就不必在意什么时候回来。就像曾经与明月、与影子“永结无情游”一样，顺其自然，不被人世间的情感所束缚。

本来诗文至此，就可以结束了，可诗人好像还没尽兴。“安能摧眉折腰事权贵，使我不得开心颜！”——此句一出，就像另一只靴子落地，一吐长安几年的郁闷之气，点出了诗人不向权贵低头的决心。

李白的梦是有过程和层次的，之所以能达到这样的效果，是因为他并不拘泥于五七言的固定三字结尾，而是灵活地把五七言的三字结尾和双言结尾结合起来。

“千岩万转路不定，迷花倚石忽已暝。熊咆龙吟殷岩泉，栗深林兮惊层巅。”其中，“路不定”“忽已暝”“殷岩泉”“惊层巅”每句都是三字结尾，都是五七言的节奏，保证了统一的调性。而“云青青兮欲雨，水澹澹兮生烟”以“欲雨”“生烟”为句尾，这是双言结尾的结构，大大提高了诗的叙事能力。

“列缺霹雳，丘峦崩摧。洞天石扉，訇然中开。”句子的缩短，节奏的加快，表达了诗人紧张恐怖的心情，梦境从朦胧迷离变成恐怖的地震，过程就这样展开了。“忽魂悸以魄动，恍惊起而长嗟。惟觉时之枕席，失向来之烟霞”从“魂悸”“惊起”到“觉枕席”“失烟霞”，句子之间是按照时间顺序层层递进的，从情绪的节奏来说，这是一个反衬，从恍惚到清醒，情感在高潮上戛然而止。这才有了接下来的“世间行乐亦如此，古来万事东流水”。

从皇帝的近臣沦为一介平民，这地位的落差让李白备感世态炎凉和人事无常。因此，他只能追求青崖骑白鹿这样看似逍遥实则消沉的生活。

倘若换成一般的诗人，写到这儿，也就足以淡泊明志了。然而李白终究是李白，他的伟大之处还在于，他能痛定思痛，将自己追求理想的人生经历加以发酵，酝酿出生命真谛的琼浆：“安能摧眉折腰事权贵，使我不得开心颜！”这两句神来之笔，点亮了全诗的主题，也使得全诗格调昂扬振奋，潇洒脱俗，自有一种不卑不屈的磅礴气概流贯其间。

梦里走了许多路，醒来还是在床上。天姥山的缥缈仙境让人留恋，但这毕竟只是一个华丽的梦境，与现实有着遥远的距离。在无数人才受到压抑、理想和抱负难以实现的社会现实中，能够保持自己清白而高尚的人格，张扬自己独立而自由的个性，这何尝不是一种理想、一座更高的人生“天姥山”？

延展阅读

登太白峰　李白

西上太白峰，夕阳穷登攀。
太白与我语，为我开天关。
愿乘泠风去，直出浮云间。
举手可近月，前行若无山。
一别武功去，何时复见还？

秋登巴陵望洞庭 李白

清晨登巴陵，周览无不极。
明湖映天光，彻底见秋色。
秋色何苍然，际海俱澄鲜。
山青灭远树，水绿无寒烟。
来帆出江中，去鸟向日边。
风清长沙浦，山空云梦田。
瞻光惜颓发，阅水悲徂年。
北渚既荡漾，东流自潺湲。
郢人唱白雪，越女歌采莲。
听此更肠断，凭崖泪如泉。

齐鲁到今青未了，题诗谁继杜陵人

望岳

杜甫

岱宗夫如何？齐鲁青未了。

造化钟神秀，阴阳割昏晓。

荡胸生层云，决眦入归鸟。

会当凌绝顶，一览众山小。

开元二十四年，正值大唐盛世，整个国家都呈现出一种欣欣向荣的气象。这一年，二十五岁的杜甫赴长安参加科举考试，结果落榜了。为了散心，他决定开始一段游历生涯。

当时，杜甫的父亲杜闲在山东兖州担任司马。因此，杜甫先去兖州看望了父亲，然后以兖州为中心，四处漫游。

这一天，杜甫骑着马，来到了泰山脚下。远远看去，泰山高峻雄伟，气势磅礴，难怪被称为五岳之首、五岳独尊。正值人生中最朝气蓬勃年华的杜甫，还没有经历过太多苦难，他对未来有很多积极的设想，满心都是报国安民的期许和志气，面对高大雄伟的泰山时，这股豪情喷薄而出，于是他挥笔写下了一首五言律诗

《望岳》。

写完之后，杜甫收好诗稿，准备找个地方歇歇脚，好好品味一下自己的新作。他走进泰山脚下的一间小茶馆，茶馆里客满为患，几乎没有空位置了。杜甫仔细观察了一下，发现有一位白发苍苍的老人单独占着一张桌子。于是他走过去，恭恭敬敬地向老人行了个礼，随即在桌边坐了下来。

老人对杜甫上下打量了一番，开口说道："看样子你不是本地人吧。"杜甫笑着说道："在下巩县人。到这里来，是想趁着年轻，游历四方，多看看神州大地的壮美河山。"老人听了，捋着胡子称赞道："不错，少年人就应该志在四方。怎么样，今天看了泰山，有什么感受？"

杜甫便将刚才创作的《望岳》拿给老人看。老人眯着眼读了一遍，称赞道："好诗！全诗不用一个'望'字，却又处处扣紧题目中的'望'字。起笔先是远眺，远眺已生赞叹之心，于是近望。近望则见泰山的神奇秀美，于是便细望。细望尚且余兴不减，于是便起了他日登临之心。昔日孔子登泰山而小天下，你也要登泰山而一览众山小，年轻人有如此远大的志向，他日必有成就。"

这位老人，就是大名鼎鼎的北海太守李邕。在当时，李邕的名气可谓家喻户晓，他既是天下闻名的书法家，也是才华横溢的大诗人，周边老百姓家里如果父母去世了，都要到处托关系找李邕写碑文，这对家族来说是莫大的荣耀。

德高望重的李邕能对杜甫有这么高的评价，是因为青年杜甫用这首诗，描绘出了泰山的气势磅礴与雄伟壮丽，表现出诗人希望登上事业顶峰的雄心壮志，以及对前程的乐观和自信，这让李邕不禁赞不绝口。

诗的开头就先提出一个设问："岱宗夫如何？"你如何评价泰山？然后用"齐鲁青未了"来作答。既说明了泰山所处的位置，又将泰山的绵延浩大表现得淋漓尽致。七百年后的大书法家莫如忠还赞叹："齐鲁到今青未了，题诗谁继杜陵人。"

接下来的"造化钟神秀，阴阳割昏晓"用"钟神秀"再现泰山的奇秀之景，诗人用一个"钟"字，表现出自己对泰山的钟爱与赞美，"神"代表着变化莫测，"秀"乃包含万物；"割昏晓"的"割"，表现出泰山雄伟而阔大的气势，写出了泰山瑰丽至极的景象，这一实一虚，一静一动，使泰山充满活力。

如果说前四句写的是极目眺望，那么接下来的五、六句则写出了严格意义上的"望"——"荡胸生层云，决眦入归鸟"摹写的是朗秀明丽的舒旷。想想看，彩云飞逸，缭卷于广宇，襟怀何其浩渺；高鸟归飞，天阔任展，荡气回肠，"舒旷"二字随即跃然纸上。"生层云"的"生"是实字活用，"决眦"是望得入神，写出了诗人忘情的神态。

的确，初登泰山，诗人放眼远眺，飞鸟的翅膀收敛起朝霞和晚云。面对如此宏大的景观，很难不生出对天地壮阔与永恒的敬畏，以及对自身渺小和卑微的感觉。但是杜甫却用一句"会当凌绝顶，一览众山小"来借景抒怀，既描绘了泰山雄伟磅礴的气象，也表达了诗人希望自己能登顶而小天下的雄心壮志。

其实，杜甫一共写了三首《望岳》，分别咏的是东岳泰山、南岳衡山和西岳华山。其中，咏华山的《望岳》写于中年时期，尽管也写到了胸中的抱负，却与咏泰山的《望岳》有着天壤之别。

那是唐乾元元年六月，杜甫刚刚被唐肃宗贬为华州司功参军。华州在今天的陕西华县，从长安城西门——金华门出城，杜甫在赴华州上任的途中，写下了第二首《望岳》：

西岳崚嶒竦处尊，诸峰罗立似儿孙。
安得仙人九节杖，拄到玉女洗头盆。
车厢入谷无归路，箭栝通天有一门。
稍待秋风凉冷后，高寻白帝问真源。

杜甫这是在谴责唐肃宗的不义：在国事艰危之际，那些冒死投奔的忠良之臣，理应得到皇上的信任，可是皇上却贬斥这样的忠臣，难道这是明君应该做的事吗？对于那些忠心报国之臣，皇上一会儿任用，一会儿又贬谪，这样反反复复，真是让人心寒！

当满腔忧愤的杜甫经过华山时，其所历人事的影像便自然而然地与山岳形象叠合在一起了。

少壮时，对君主如同万物对于太阳般的仰慕之情至此已经烟消云散，他开始以现实的凝重的目光观照自然和社会，以冷静的客观的态度省视自身。诗的中间两联，具体描写华山之险，“无归路”“有一门”，华山的山势已经形象地展现在读者面前，不禁令人望而生畏。

诗的最后虽也表示了“凌绝顶”的心愿，但已没有早年登泰山的昂扬气概，含有迟疑和不定意味的“稍待”也替代了表现自负自信的“会当”。

困顿的生活过早过多地透支了杜甫的健康，人到中年，他已是百病缠身，满头白发，要攀登如此险峭的华山，就不能不冷静地考虑自己的身体状况了；更何况当时黄天暑地，天气的炎热和政治局面的焦灼将诗人郁蒸得烦闷异常。

在经过郑县亭子时，他看到：燕巢旁边，成群的野雀欺凌燕子；花丛下面，潜伏的山蜂远追行人。本是自然天机，却涂上了浓浓的主观感情色彩，诗人心情之潦倒与恶劣可想而知。

燥热的天气简直让人发狂，对秋风的翘盼也就顺理成章了。“稍待秋风凉冷后，高寻白帝问真源”既是写实，又是隐喻。

“凉冷”既指自然气候的凉冷，也指政治气候的凉冷；“白帝”既指西岳之神，也指唐肃宗。到此，杜甫已经非常明确地发现，皇上的生杀予夺本不需要理由，因此对于那些是非曲直已不必多问，对于未来的路该怎样走，反倒是该好好地思虑一番了。

未老先衰，书剑飘零，早年定下的两大人生目标犹如雾里花、水中月，那志存高远的少年情怀，就这样被中年思虑送走了。

然而，“高寻白帝问真源”，诗人对理想的热情并未减少。正是这种执着与坚定，使诗人在流落漂泊的漫长岁月里，精研诗艺，不改其乐，创作出无数动人的诗章。不以物喜，不以己悲，以博大的情怀，渴盼着明君贤臣的复出和清明政治的重现。

登高远望，思古咏怀，伟大的诗人杜甫一生忧国忧民，却始终过着穷困潦倒的生活，他写出了“三吏”“三别”这样被称为“诗史”的篇章，然而在仕途上，却是郁郁不得志，一生颠沛流离。

这两首《望岳》，不仅写出了山川景物的不同风貌特征，而且寓情于景，把诗人壮伟的理想、坎坷的遭遇、忧愤的情愫都淋漓尽致地表达了出来。少年心事，中年思虑，诗人前半生的政治理想，如同一条河流，不同河段的高狭深广不尽相同。

心怀天下却怀才不遇的杜甫是痛苦的。这痛苦让他从一个“会当凌绝顶”的意气少年，走到“车厢入谷无归路”的地步。杜甫最终未能实现心中的理想，却留给世人可与山岳争衡的诗歌。

延展阅读

登岳阳楼　杜甫

昔闻洞庭水，今上岳阳楼。

吴楚东南坼，乾坤日夜浮。

亲朋无一字，老病有孤舟。

戎马关山北，凭轩涕泗流。

登高　杜甫

风急天高猿啸哀，渚清沙白鸟飞回。
无边落木萧萧下，不尽长江滚滚来。
万里悲秋常作客，百年多病独登台。
艰难苦恨繁霜鬓，潦倒新停浊酒杯。

第五章

边塞

二度出塞著名诗，八月胡天满风雪

白雪歌送武判官归京

岑参

北风卷地白草折，胡天八月即飞雪。
忽如一夜春风来，千树万树梨花开。
散入珠帘湿罗幕，狐裘不暖锦衾薄。
将军角弓不得控，都护铁衣冷难着。
瀚海阑干百丈冰，愁云惨淡万里凝。
中军置酒饮归客，胡琴琵琶与羌笛。
纷纷暮雪下辕门，风掣红旗冻不翻。
轮台东门送君去，去时雪满天山路。
山回路转不见君，雪上空留马行处。

有这样一种题材的唐诗，豪迈奔放，充满了爱国情怀，从中不但可以看到刀光剑影、鼓角争鸣的壮观场面，还能领略到古代文人胸怀天下的伟大理想与建功立业的精神追求。它就是唐代诗歌中璀璨的明珠——边塞诗。

边塞诗又称出塞诗，是以边疆地区军民生活和边地风光为题材的诗。随着唐朝的统一和强盛，对外政治、经济、文化交流的大门打开，为了守卫边塞，保护交通安全，当时的朝廷便加强了边塞各城的守备。许多文人投笔从戎，立功边塞，把边塞诗的创作向前推进了一大步。

在远离都城长安的边塞，有一位意气风发、胸怀壮志的追梦人。他经常驰骋在大漠边关，不知疲惫地往来于天山、轮台等地。他常飞马而来，在驿站稍事休整、备足粮草后，又跨马匆匆而去，在这荒凉的边塞，成了一道亮色。

此人一生五入戎幕，前后两次出塞，将六年的大好时光奉献给了边疆。

就此而言，有唐以来的诗人恐怕很难再找出第二个了。他就是盛唐杰出的边塞诗人——岑参。

戍边从军，对于岑参来说，也许是一条求取功名的捷径，但更是一条充满凶险、前途难料的不归路。

岑参出身官宦世家，二十多岁进士及第，而立之年当了一个八品小军官，“自怜无旧业，不敢耻微官”。

后来，他毅然跟随西域名将高仙芝，背负一柄长剑来到塞外，成为一名掌书记。

作为一个“半路出家”的文官，岑参一直没有得到重用，直到公元751年，高仙芝兵败被撤职，岑参才草草结束了人生中的第一次边塞生活。

回京后的岑参经常与高适、杜甫等朋友出游散心，甚至产生过出世为僧的想法。

但这只是赌气，建功立业、光耀门楣的热血，在年近四十的岑参心中不曾冷却……第二次复兴家族荣耀的机会很快就来了。

高仙芝战败后，安西四镇节度使由王正见担任。不到一年王正见病逝，封常清接任。

节度使有选择僚属的权力，而这个封常清呢，是高仙芝的得力干将，也是岑参的同僚好友，于是他很爽快地给了岑参节度判官的职位，岑参也就有了再次出塞的机会。

节度判官这个职位，掌管文书事务，可以辅理政事，算是有实权、能发挥才干的好工作，对岑参来说，不仅升了职加了薪，还有机会一展宏图，岑参为此写下"何幸一书生，忽蒙国士知"来表达自己的兴奋之情以及对封常清知遇之恩的感激。

第二次出塞是岑参人生最重要的经历。得到重用的岑参十分得意，工作自然也十分积极。他常常纵马驰骋在边塞的营帐之间，工作之余，便会到驿站落脚，喝上几杯塞外的酒，肆意挥洒着积蓄已久的豪情。

他保持着最初的亢奋，不断激扬文字，生平最优秀的、堪称唐朝边塞诗典范的诗篇，几乎都是出于此时。

岑参来到边塞接任节度判官的职务，也意味着上一任的节度判官就要离开边塞回京了。这个要离开的人就是岑参的好友——武判官。

在武判官回京复命之前，岑参为他准备好了饯行的宴会，并有感而发写下了这篇传诵千古的《白雪歌送武判官归京》。

岑参的好朋友杜甫曾说“岑参兄弟皆好奇”。岑参的边塞诗充满浓郁的浪漫主义气息，这首《白雪歌送武判官归京》也不例外。

全诗气势雄浑，场景壮阔，想象丰富，处处透露着岑参和边塞将士报效朝廷的热情以及他对好友的真挚友谊。

整首诗以一天的雪景变化为线索，记叙了送别武判官归京的全过程。下面将诗歌分成三部分进行赏析：

第一部分是前八句，描写的是岑参眼中所见之景。

这天早晨，岑参刚从营帐里探出头来，就被眼前的景象惊呆了。“北风卷地白草折，胡天八月即飞雪”，地面上的草在一夜之间就被北风吹折了。他抬头一看，大雪过后，大地银装素裹，焕然一新，挂在枝头的积雪，犹如那一夜之间盛开的梨花，不禁接着吟诵出“忽如一夜春风来，千树万树梨花开”的名句。

开篇头四句即有新意，旨在写雪但是未见白雪先闻北风，北风卷地才带来飞雪。飞雪一来，北风又似“春风”，雪上枝头，成了千树万树上盛开的“梨花”。这样的比喻，使塞外的奇寒与凛冽的风雪，有了大地回暖、万物复苏的迹象，不禁令人心生喜悦和温暖。

这四句是非常典型和巧妙的“因情造景”，诗人为了表达对八月飞雪的惊喜、意外，凭借独特的想象和刁钻的取景角度，创造了一幅眼前没有的春暖花开之景，为边塞萧瑟的风景注入了春天的活力，给人以一种瑰丽浪漫的感觉，也为本诗注入了不朽的灵魂。

走出营帐的岑参，见到雪花飘进了将士们的营帐里，打湿了丝织的帘帐，将士们身上的狐皮袍子无法抵御寒冷，锦缎制成的被子这时也显得单薄，于是脱口两句“散入珠帘湿罗幕，狐裘不暖锦衾薄”。

尽管如此，将士们都早早从床上爬起来，开始准备训练。兽角做成的长弓，冻得拉都拉不开，戍边长官的铠甲冰冷刺骨、难以穿着，于是有了“将军角弓不得控，都护铁衣冷难着”两句。

飘进将士们营帐里的雪花，让岑参的视角从帐外的景色，转移到将士们的生活上。岑参通过“湿罗幕”“锦衾薄”，写出了将士们居住和穿着的情况，用“不暖”和“薄”这样的身体感受来凸显外界的寒冷，让人的感受更为直接、具体。

“角弓不得控”“铁衣冷难着”描写了边塞将士的训练、装备等日常情况。借“角弓”和“铁衣”装备的状态，侧面表现了边塞天气的寒冷和边塞生活的艰苦。

这四句没有直接写风冷雪冻，而是通过人体感受以及装备状态，反映出当时所处环境的寒冷。这样含蓄的表达方式在给我们留下想象空间的同时，也让我们对边塞将士的生活有了一个更为具体的认识。

第二部分为中间四句，描写的是白天壮阔的雪景和饯行宴会的盛况。

转眼间就到了中午，沙漠都结了冰，忧愁的阴云在天空集聚。“瀚海阑干百丈冰，愁云惨淡万里凝”，诗人用夸张的手法直接为我们描绘出一幅“百丈冰”“万里凝”的冰雪画卷，营造出一种冰天雪地的氛围，给人以一种荒凉之感。我们仿佛跟随着诗人的脚步，来到了这塞外的冰雪世界中。

环境虽然恶劣，却没有影响饯行宴会的举行。在主帅的中军大帐内摆开酒席，烈酒伴随着胡琴、琵琶、羌笛奏出的异域旋律，让人在这荒凉的边塞感受到了些许温暖。大家载歌载舞，开怀畅饮，一直持续到暮色降临。

虽然整首诗中对饯行宴会着笔不多，仅仅有“中军置酒饮归客，胡琴琵琶与羌笛”两句，但这两句却通过视觉、听觉描写了欢送的场面，营造出一种欢快的氛围，表现出送别宴会的热烈与隆重。

在第二部分，前后通过环境冷与人情热的鲜明对比，以哀景衬乐情，体现出边塞将士生活的乐观积极，也体现出岑参和武判官之间的深厚感情。

第三部分为最后六句，描写的是岑参送别武判官的场景。“纷纷暮雪下辕门，风掣红旗冻不翻”，岑参和武判官在暮色中迎着纷飞的大雪走出营帐，冻结的红旗任凭大风狂飙，依旧“不翻”，足以见得当时环境之冷。但是鲜艳的旗帜在万里雪白中，呈现出一抹耀眼的红色，则显得格外绚丽。这一动一静，一白一红，相互映衬，生动而鲜明，意境不输“千树万树梨花开”。

岑参与武判官依依不舍，相互告慰，不知不觉已经过去很长时间，离别时已是“雪满天山路”。岑参立在雪中，望着远去的朋友，直到对方的背影在“山回路转”中消失不见。

岑参没有直接写二人告别时的赠言，而是通过对雪景的描写表现出送别时间之久，侧面体现了二人感情的深厚。同时，岑参望着远去的故人，自然能看到留下的马蹄印，“雪上空留马行处”，既表达不舍之意，又暗含着对友人一路上的担心。语言平淡质朴，却让人真切地感受到岑参对友人的一片真情。

整首诗中变化的雪景如同白色的画布一般，任凭岑参在上面涂抹。岑参在描写环境的对比中加入夸张而又贴切的想象，旋律张弛有致，感情刚柔相济，与友人的依依惜别之情跃然纸上，不愧冠绝盛唐一众边塞诗。

话说岑参送别武判官之后，便全身心地投入工作之中，期间创作的诗歌字里行间洋溢着昂扬的斗志和积极向上的精气神。可命运再次跟他开了一个玩笑：正当他要大显身手的时候，安史之乱爆发了。

高仙芝、封常清作为大唐帝国的将领，火速赶回长安救援，但因准备仓促，被叛军打得落花流水，只能退守潼关。与叛军对战的接连失败，让宦官奸臣抓住了把柄，他们到唐玄宗处挑拨诬陷，结果玄宗愤怒异常，还下了诛杀令。两员戍边大将就这样遭受了无妄之灾，而此时的岑参，还在大西北留守待命，没想到等到的却是两位上司含冤而死的噩耗。

朝廷兵败如山倒。报国无门的岑参无奈之下，只好投奔了新皇唐肃宗，再次遗憾地结束了边塞生活，做了一个小小的右补阙，但唐肃宗不喜欢听他的忠贞谏言。后来的唐代宗也不看重他，只让他到蜀地嘉州做了一名刺史——这是岑参一生当中最大的官职，但他不愿与西川节度使崔旰同流合污，最终被罢官，不久便病逝在成都的一家旅舍中。岑参一生都在追求理想，到头来却与理想渐行渐远，或许只有边塞才是真正属于他的归宿吧！

延展阅读

早发焉耆怀终南别业　岑参

晓笛引乡泪，秋冰鸣马蹄。
一身虏云外，万里胡天西。
终日见征战，连年闻鼓鼙。
故山在何处，昨日梦清溪。

赵将军歌　岑参

九月天山风似刀，城南猎马缩寒毛。
将军纵博场场胜，赌得单于貂鼠袍。

灭胡曲　岑参

都护新灭胡，士马气亦粗。
萧条虏尘净，突兀天山孤。

春风不度羌笛怨杨柳，旗亭画壁诗坛留佳话

凉州词

王之涣

黄河远上白云间，一片孤城万仞山。

羌笛何须怨杨柳，春风不度玉门关。

《后汉书·班超传》中说班超“效命绝域”，自此，“绝域”便成了边塞的一种称呼。绝域相距中原千里之遥，飞沙走石，戈壁漫漫，到处隐藏着危机。绝域寂静寒冷，茫茫无涯，无限广阔的样子让人不由得发觉自己的渺小。

这种心理，让镇守边关的将士们越发思念远方的故乡，可再思念，也没有办法回家，因为他们身上有更重的责任，那就是抵御强敌，保家卫国。看似坚硬无比的铁衣之下，实则藏着一颗颗柔软的心。

因为思念，所以感伤；因为责任，所以悲壮。边塞诗中有不少诗歌都表达了这种羁旅之怨，其中有一首更是被国学大师章太炎赞为“绝句之最”，这首诗便是王之涣的名作《凉州词》。

关于这首诗，还有一则叫“旗亭画壁”的趣事。

旗亭，字面意思是挂着旗帜的建筑。在古代，没有霓虹灯、地面投影灯之类的广告牌，店家为了招揽顾客，就会在窗口伸出一些醒目的旗子，这些旗子在坊市上空飘摇，起着广告牌的作用。就像现如今店外有红白蓝三色旋转灯的都是理发店一样，唐代的旗亭一般都是酒楼，这里不仅是文士骚客聚饮宴游之地，也是他们弄文唱诗、宣扬自身才情的人生小舞台。

开元年间，诗人王昌龄、高适、王之涣在仕途上都遇到了不少阻碍，以诗才闻名的三人很自然地走到了一起，成为经常结伴游玩的好友。

有一天下雪，三人相约一起到酒楼小酌两杯，偶遇一行梨园弟子登楼宴饮。三位诗人悄悄离席，围着小火炉，兴致盎然地在一旁看着他们表演歌舞。这时候，有几位歌女陆续登台，她们珠玉裹身，摇曳多姿，一下子就吸引了全场的注意。

诗与歌原本是不分家的，最好的诗都可以和歌而唱，而且通常因为朗朗上口而广为流传。你看李白，自从被贺知章发现，一路成为唐玄宗的御用诗人。他的诗不仅在当时传唱度极高，而且直到今天，都可以直接拿来当作流行歌曲的歌词。

王昌龄、高适、王之涣稍逊于李白，但是他们的诗作也流传甚广。如果眼前这几位歌女，恰巧以自己的诗入乐歌唱，不正说明自己的诗才更高吗？于是，王昌龄率先发出倡议：“我们三个在诗坛都算是有名的人物了，可是一直未能分个高低。今天恰巧有个机会，我们可以悄悄听这些歌女们唱歌，谁的诗被唱得最多，谁就最优秀。”高适、王之涣附议，这场充满悬念的比赛就此开始。

一位歌女首先唱道：“寒雨连江夜入吴，平明送客楚山孤。洛阳亲友如相问，一片冰心在玉壶。”这是王昌龄的《芙蓉楼送辛渐》。王昌龄听后，用手指在墙壁上画上一道——“我的一首绝句”。

随后另一歌女唱道：“开箧泪沾臆，见君前日书。夜台何寂寞，独是子云居。……”这是高适的《哭单父梁九少府》，于是高适也伸手画了一道——“这是我的一首古诗”。

第三位歌女出场，唱的是“……奉帚平明金殿开，且将团扇共徘徊。玉颜不及寒鸦色，犹带昭阳日影来。……”王昌龄一听，这不是自己的《长信秋词》吗？于是又伸手画壁。

王之涣自以为出名很久，可是歌女们竟然没有唱他的任何诗作，面子上似乎有点下不来。于是他对王、高二位说：“这几个唱曲的，都是不出名的丫头片子，所唱不过是‘下里巴人’之类不入流的歌曲，那‘阳春白雪’之类的高雅之曲，哪是她们唱得了的呢？”

说完他用手指着几位歌女中最漂亮、最出色的一个说：“到她唱的时候，如果不是我的诗，我这辈子就不和你们争高下了；如果她唱的是我的诗，二位就拜倒于座前，尊我为师好了。”三位诗人一边说笑着一边等。

过了一会儿，终于轮到那个最漂亮的歌女唱了。只听她开口唱道：“黄河远上白云间，一片孤城万仞山。羌笛何须怨杨柳，春风不度玉门关。”王之涣一听，瞬间眉飞色舞、得意至极，揶揄王昌龄和高适说：“怎么样，我说得没错吧！”三位诗人同时开怀大笑。

其实“凉州词”不是诗歌的题目，而是盛唐时流行的一种曲调名。因为曲谱中有西域特色的胡笳、羌笛、琵琶等乐器，整体风格偏向愁苦悲凉，所以诗人们在依谱作诗的时候，大多通过描绘萧索苍茫的边塞风情，抒发守边将士离家之苦闷、战场九死一生之愁怨。其中，王之涣的这首《凉州词》最为经典，被清代文学家王士祯推为唐人绝句中的“压卷之作”。

前两句“黄河远上白云间，一片孤城万仞山”，像一个全景镜头，勾勒出国防重镇的地理环境，同时也奠定了整首诗苍凉悲壮的情感基调。

李白有一句诗，说“黄河之水天上来”，虽然有夸张但符合“水往低处流”的常识。而王之涣说“黄河远上白云间”，就好像黄河水逆流而上，又回到了天上、回到了云间。这样理解就错了。

实际上，李白写的是水的动态走势——自天上来，到海里去；而王之涣则不然，他写的是观察者的视线——自下游纵目向上游观望，视点从近处延伸向远方。绵长曲折的黄河好像一条丝带，并非逆地势而向上流，而是延展开去，与云相接。这是一种静态美，不作比兴，却能渲染出清净闲远的边塞生活的底色。

次句“一片孤城万仞山”，把视线从“白云间”拉回来，映入眼帘的是连绵不绝的高山和山脚之下的一座孤城。

仞是古代的长度单位，是指成年人平伸两臂时两手之间的距离，“万仞”形容山势高耸。与“万仞”相对是“一片”，“一片”在唐诗中常常与“孤”连文，突出特定景物的“单薄”之感，并且使得诗歌的画面感更强，比如李白的“两岸青山相对出，孤帆一片日边来”，韦庄的“人间不自寻行迹，一片孤云在碧天”。

“一片孤城”与“万仞山”，反映了城池与山巅之间悬殊的力量差距。这种力量对比，不仅是画面中两种景色的对比，还反映了守边将士与恶劣自然环境之间的对抗。

边塞孤城，通常不是居民生活的地方，而是戍边战士的据点。在万仞高山之下，城池势单力薄又十分渺小，这不正是远离家乡、时刻准备战斗的将士们所面临的处境吗？这两句虽然没有明说，但“孤城”意象的引入，已经为下文将士们的羁旅哀怨做好了铺垫。

第三句“羌笛何须怨杨柳”在静态的画面之外，引入了羌笛声，羌笛演奏的《折杨柳》，进一步勾起了将士们的离愁。

杨柳在古代被视为离别的象征，在唐朝时，折杨柳赠别的风俗最盛，人们不但见了杨柳会引起离别愁绪，连听到《折杨柳》的笛曲也会触景生情。羌笛一响，《折杨柳》调子入耳，将士们心中的思乡之情、离家之苦油然而生，就好像羌笛也在诉说着哀怨与愁闷。

分明是人在听闻羌笛声后勾起离愁别恨，但却说“羌笛怨杨柳”，这一句造语极为巧妙：一来用拟人的手法，避免了平铺直叙；二来用意象直接代替情绪，让句子更加简练生动。最终，把抒情的人彻底隐藏起来，表示并非某一个人有此愁怨，这种心情是戍边之人共有的情感。

“何须怨”三字，表达了一种无可奈何的语气，可以做多样性的解读。一种说法认为，“何须怨”三字是将士们的自我宽慰，因为意识到卫国戍边责任的重大，即便一时勾起愁怨情绪，也必须自我消解，如此解读，这首诗就多了一丝悲壮之美；另一种说法是“何须怨”表面上说不怨，实际上却是表达“连怨气都不能说或无法说”，这种迂回含蓄的语气，使得将士们内心积蓄已久的哀怨显得更为强烈。到底作何解读呢？还有最后一句。

“春风不度玉门关”，既是客观的边塞地理特征，也代指中央朝廷的关怀没有及时到达边关。既然春光不来，哪有杨柳可折？既然无法折柳寄情，又何必心生哀怨？对于中央朝廷不顾及守边士兵的生死，不体恤塞外征夫的情感，诗人没有直接抒情，而是通过将羌笛、杨柳、春风、玉门关四个意象融入诗中含蓄地表达了出来。正是凭借如此委婉而有力的表达方式，哀而不伤、怨而悲壮的情感基调，这首诗才能广为传诵，成为不朽的经典之作。

延展阅读

凉州词　王翰

葡萄美酒夜光杯，欲饮琵琶马上催。

醉卧沙场君莫笑，古来征战几人回？

凉州词·其二　王之涣

单于北望拂云堆，杀马登坛祭几回。

汉家天子今神武，不肯和亲归去来。

秦月汉关七绝圣手，学道入仕诗家夫子

出塞

王昌龄

秦时明月汉时关，万里长征人未还。

但使龙城飞将在，不教胡马度阴山。

唐朝的历史，一半在书中，一半在诗中。边塞诗就是唐诗中一颗璀璨的明珠。

彼时，科举诞生不久，每年录取的名额只有一二百个，能通过博学宏词科进入官场的少之又少。再加上门荫入仕，流外人员等等，举子们进入仕途之后也面临着巨大的竞争压力。

好在官员选拔和晋升的方式不止一种。随着大唐盛世的惠临，强大的边防军力和高度自信的时代风气，让文人把目光投向了边疆。

大唐开国以来，边境战争始终未断，在御敌的唐军中，除了带兵打仗的将军，还需要大批文官随军掌管文书事务。所以，很多文人有了投笔从戎、去绝域边塞为国尽忠的机会。

从来没有哪个时代能比唐朝的年轻人更渴望军营。

“初唐四杰”之一的杨炯曾有“宁为百夫长，胜作一书生”的豪言壮语。在前辈的激励下，岑参、王昌龄、王之涣等人，也都纷纷赶赴西北边塞一展宏图。

西域的大漠风光，边塞的苦寒、离家的愁思，与爱国之心、建功之志一起被他们收入诗中，最终交汇成最为雄壮的边塞诗。其中最出色的边塞诗人，便是王昌龄。

公元698年，王昌龄出生于山西太原的农村。他从小放牛种地，这种农家生活一直持续到他二十几岁。除了才华，他一无所有，没背景、没钱、没关系。

他自称“久于贫贱，是以多知危苦之事”。因为举荐无门，家里日渐困窘，王昌龄决心改变自身和家庭的处境。

二十三岁时，王昌龄离开家乡，前往嵩山学道。当时去学道的人，一般有三种：一种万念俱灰，看破红尘；一种太有钱，闲得没事干就自己找一点虚无缥缈的寄托，企图长生不老；还有一种太没钱，总得找个活计了却残生。王昌龄就属于最后一种。

学道生活是安静的，他除了学道，还顺带着读些书，往来于山水密林间，“时余采菖蒲，忽见嵩之阳”，生活虽然清苦，但也悠然自得。

终究是山外的世界更适合有抱负的年轻人，二十六岁时，他走出嵩山，到长安闯荡，可碰了一鼻子灰。

公元724年，二十七岁的王昌龄恰巧看到塞外招兵的布告，顿时心生希望，于是快马加鞭，踏上了前往边塞的道路。

他一路向西，经过兰州，穿越河西走廊，一直走到了玉门。头顶是自由的塞外风，脚下是沉重的边关土。他的目标是当时临洮军的驻扎地——鄯州，也就是陇右节度使的所在地。

途中正好经过了武街古战场，大唐军队曾经在这里击败了吐蕃。河沟中遗迹犹存，路边的草丛中白骨可见。这一切都令人触目惊心。面对此景，王昌龄写下了“黄尘足今古，白骨乱蓬蒿”的诗句。

三年的边塞生活，虽未见王昌龄的宝剑在战场上闪光，但他笔下的一首首边塞诗，却纷纷冲出军营大帐，被无数战士在烽火硝烟中传诵。其中的七绝《出塞》更是回响在大唐的上空，让他身在边关，名满天下。

当时唐朝的文人们都非常钦佩带兵打仗的将军，常在诗歌中表达对名将的赞美及对胜利的渴望。王昌龄的这首《出塞》便是如此。

全诗从写景入手。首句“秦时明月汉时关”横空出世，用粗线条勾勒出冷月照边关的轮廓，渲染出了苍凉寂寥的氛围。“秦时明月汉时关”不能理解为秦朝的明月，汉代的边关。古人写诗的时候常用“互文”的修辞手法。“秦”“汉”“关”“明月”四个意象交错使用，合在一起——“秦汉的明月和边关”——这样理解才是正确的。

不仅如此，这一句还给广袤的边塞注入了悠远的历史感——明月和边关，仿佛异度空间与此时此地的连接点，又像是金戈铁马、血衣枯骨的见证者。简简单单七个字，就把整首诗的豪迈与大气展露无遗，也为诗歌的展开做了铺垫。

面对这样的景象，王昌龄难免触景生情，自然联想起秦汉以来无数献身边疆、马革裹尸的将士。次句“万里长征人未还”，袭自隋代卢思道《从军行》中的“塞外征人殊未还”。这两句诗都没有直接描写战争的场面，而是以未见归人来表达战争的惨烈及对边塞将士的同情。

诗句中的“人”，既是指已经战死的将士，也指还在戍守、不能回归的将士。二者不同之处在于，在卢思道的诗句中直接写明了将士们身在“塞外”，而王昌龄的诗句中以“万里长征”代指，以具体的空间距离点明边塞的偏远。“万里”指边塞和内地相距万里，虽是虚指，却突出了疏离感，给人以想象空间。

把“秦时明月汉时关”与“万里长征人未还”放在一起，前一句开阔悠远，后一句悲壮深沉，前一句以气魄取胜，后一句又增添了许多人文关怀——王昌龄不愧是“诗家夫子”。

但是出现如此多的牺牲，也不是没有原因的。在接下来的三、四句，王昌龄就给出了答案——“但使龙城飞将在，不教胡马度阴山”，倘若汉代名将卫青和李广还健在，绝不会让胡人的骑兵跨过阴山。

这两句呼应首句中的“汉时关”，使人回想起汉代两位抗击匈奴的名将。“龙城”指的是卫青，他奇袭匈奴圣地龙城并大获全胜，从此一战成名，封邑万户；“飞将”指的是“飞将军”李广，他一生战功赫赫，驻守边关的时候，令匈奴人闻风丧胆，数年不敢来犯。“龙城飞将”指的是卫青和李广，但又不仅仅指他二人，还指真正有远见卓识和抗敌智慧的将领，如果他们坐镇边关，那么匈奴必不敢侵犯。

这两句融抒情与议论为一体，直接展现了边塞将士巩固边防的愿望和保卫国家的壮志；与此同时，也暗含讽刺之意，若非朝廷失职，无力对抗外敌侵扰，也不会烽火长燃、将士未还。

整体来看，王昌龄并没有过多地对边塞风光进行细致的描绘，他只是选取了边塞生活中一个明月照边关的典型场景，来揭示将士们的内心世界。把复杂的内容熔铸在四句诗里，既有对久戍未归的将士们的浓厚同情，又流露出了对朝廷未能选贤任能的不满。他以大局为重，从国家安全的角度出发，发出了“不教胡马度阴山”的誓言，洋溢着爱国激情，深沉含蓄，耐人寻味。

三年的边塞时光一转眼就过去了，二十九岁的王昌龄已经享有盛名。为了实现政治抱负，他离开边塞，隐居于京兆府蓝田县石门谷，头悬梁锥刺股，准备考取功名，济世报国。

公元727年，三十岁的王昌龄一举登第，随后被授予秘书省校书郎。这种芝麻小官，位卑言轻，如何济世报国？

王昌龄心有不甘，于是继续准备公务员考试，终于在公元731年，他应博学宏词科考试，再次登第。他本以为自己踏上了人生的坦途，前程必定似锦，却不知此时，他已经站在人生抛物线的最高点——他依然没有获得“明堂坐天子，月朔朝诸侯”的待遇，而是被任命为汜水尉。

王昌龄为盛世添砖献瓦的热情，突然被浇了一盆冷水，在边塞攒下的那点儿热情也渐渐有了冷却的迹象。这位曾经为大唐盛世欢呼的时代鼓手，不得不重新审视自己所面临的困境。

仕途遭受打击，加之毫无背景，性格耿直不懂得官场之道，常常被上司穿小鞋，三十出头的王昌龄心中无限失落。他写下了“忽见陌头杨柳色，悔教夫婿觅封侯”的名句，以排遣仕途失利的苦闷。

这段时间里，王昌龄的宫怨诗又一次让他在诗歌界大放异彩。曾经踌躇满志的他，此时却孤独、寂寞、无奈和怨愤。仿佛他那战士与诗人合体的特殊气质，唯有在雄伟的大漠边关，才能彰显得淋漓尽致。而那段意气风发的边塞时光注定一去不返，迎接他的将是后半生的低谷与坎坷。

没过多久，王昌龄就被贬到荒僻的岭南。“得罪由己招，本性依然诺”，王昌龄心知肚明，自己不适合世故圆滑的官场。两年后，唐玄宗大赦天下，王昌龄才回到长安。

公元739年，王昌龄在返回长安的途中，意外发生了。

襄阳是王昌龄的好友孟浩然的故乡，此时的孟浩然正在家中养病，无罪一身轻的王昌龄便去拜访他。孟浩然身患痈疽还未痊愈，正是失意之时，但一看王昌龄来了，非常高兴，便把自己重病未愈的事情抛到脑后。

接连几天，两人饮酒、畅谈，结果由于饮酒不节，孟浩然旧病复发，不治而亡。王昌龄欲哭无泪，痛心疾首，此事也成了他的心结。

公元740年的冬天，也是王昌龄人生的寒冬。痛失好友的王昌龄还没有从悲伤之中走出来，结果又遭遇贬官外派。刚回到长安不久的王昌龄，又因为一纸调令远赴江宁。

失意之后就是放浪形骸，王昌龄三天打鱼两天晒网，消极怠工，在江宁一待就是八年，这也是后世将其称为“王江宁”的原因。公元748年，王昌龄再次因言被贬龙标。

好友李白听说之后，写了一首《闻王昌龄左迁龙标遥有此寄》表示告慰。“杨花落尽子规啼，闻道龙标过五溪。我寄愁心与明月，随君直到夜郎西。”

对王昌龄的怀才不遇，李白表示同情。可那又如何？王昌龄的生活依然十分清苦，他和老仆人沿路捡拾枯枝败叶当做饭的柴烧。

虽没有了官场上的烦心事，但是报国无门的沉重心情却难以释怀。他的济世之志，他的冰心玉壶，再也等不到实现的机会了。

随着安史之乱的爆发，唐玄宗的开元盛世零落成泥，一切都成为泡影。

公元756年，五十九岁的王昌龄离开龙标，准备辞官归乡。这时的他，并不知道自己的生命就要走到尽头。

次年，王昌龄路过亳州时，就被亳州刺史闾丘晓找了个借口给杀掉了。有史书记载，闾丘晓是因为嫉妒杀掉了王昌龄。

名震大唐的诗人，没有战死沙场，也没有为自己心中的理想鞠躬尽瘁而死，却死在了一个小人手里，让人不由得惋惜悲叹。

延展阅读

从军行·其四　王昌龄

青海长云暗雪山，孤城遥望玉门关。
黄沙百战穿金甲，不破楼兰终不还。

塞下曲·其二　王昌龄

饮马渡秋水，水寒风似刀。
平沙日未没，黯黯见临洮。
昔日长城战，咸言意气高。
黄尘足今古，白骨乱蓬蒿。

长吉鬼才身世苦，黑云压城色彩多

雁门太守行

李贺

黑云压城城欲摧，甲光向日金鳞开。
角声满天秋色里，塞上燕脂凝夜紫。
半卷红旗临易水，霜重鼓寒声不起。
报君黄金台上意，提携玉龙为君死。

边塞除了具有寒冷阴郁、野兽出没、偏远荒凉等恶劣的自然特征之外，还有一个鲜明的特征，那便是战争。边塞自古就是历朝历代的战争前线，战争也是边塞生活不可缺少的一种元素。

艺术来源于生活，边塞诗人的创作多是基于自己的所见所闻。所以，边塞诗中不仅有投笔从戎的高亢，想念亲人的幽怨，也有对战争残酷的感叹。战争是残酷的，厮杀、流血、悲鸣是战争的特性。因而描写悲壮惨烈的战斗场面不宜使用表现秾艳色彩的词语。然而诸多的边塞诗中有一首诗，几乎句句都有鲜明的色彩，成为边塞诗中的奇观。这首诗想象奇特、构思精巧、语言精辟，极富独创性，使其在边塞诗中独树一帜。这首诗便是李贺的名作《雁门太守行》。

唐朝著名的诗人大都有一个响亮的名号。比如，李白被称为“诗仙”，杜甫被称为“诗圣”等。李贺也有一个名号——“诗鬼”。这个名号不仅少了一分文雅，还多了一丝恐怖。

其实，称号来源于诗人作品的风格。李白的诗歌飘逸洒脱，宛如天上来；杜甫的诗歌厚重深沉，犹如圣贤般忧国忧民，而李贺之所以被称为“诗鬼”，正是因为他的诗歌想象瑰丽，构思精巧，多引神仙鬼怪，给人以空灵甚至诡异之感。

李贺的诗歌之所以形成这样的风格，与他的人生经历息息相关。李贺生于一个破落贵族之家，父亲见儿子生得怪异，体形细瘦，通眉长爪，又体弱多病，特为他取名“贺”，取字“长吉”，寓意长久、吉祥。

多病的身体给李贺的内心蒙上了一层阴影，甚至在无形之中影响着他诗歌风格的形成。少年时的李贺极少和同龄人玩耍，识字以后，更是每天窝在家里看书。母亲担心他，便让他出去玩，不承想李贺竟跑到坟地去观摩墓碑、揣测碑文。很难想象，一个体弱的少年沉迷在阴森森的坟场中是一个怎样的场景。

或许正是在与亡灵的对话过程中，李贺形成了其诡异奇幻的诗风。幸运的是，上帝给李贺关上一扇门的时候，还给他留下了一扇窗。

等到李贺年纪稍长一些，他常常白天骑着一匹瘦马出门，身上背着一个锦袋，每当自己想出了诗句的时候，便写下来放在袋子里。晚上回家后，李贺的母亲看到袋子里面满满都是诗文就很心疼。她看着在灯下研墨叠纸的李贺说：“这孩子是要把心呕出来才罢休啊！”李贺吃完饭，便把这些零散的诗句补成一首首完整的诗。

不疯魔不成活，就这样没过多少年月，十五岁的李贺就已经誉满京城了。意气风发的李贺在备受瞩目的同时，也开始憧憬未来，希望自己能够登科及第，大展宏图。于是，十八岁时，他便带着这首《雁门太守行》，去拜谒韩愈。

韩愈看到李贺这首诗的时候，大为震惊。这首诗用词大胆，场面宏大，其中暗含的报国之情，更是深深打动了韩愈。

首句“黑云压城城欲摧”既是写景也是叙事，用比喻和夸张的修辞手法，渲染了兵临城下的紧张气氛和危急形势，给人以压迫之感。“黑云”既指天上乌云翻滚的样子，也暗示攻城的敌军进攻时的场景——尘土飞扬、遮天蔽日。用“压”和“摧”揭示敌军来势凶猛，守城将士处境艰难。

次句“甲光向日金鳞开”写的是城内全副武装的守军。忽然，风云变幻，一缕日光从云缝里透射下来，映照在守城将士的铠甲上，金光闪闪，耀人眼目。此刻他们正披坚执锐，严阵以待。这里借日光来显示守军的阵营和士气，用“金鳞”来比喻守城将士身上被阳光照耀着的铠甲，铠甲金光闪闪好似金色的鱼鳞，情景相生，奇妙无比，进一步突出守城将士的威武形象。

王安石曾经批评这一句，说黑云压城，盔甲哪里有光可以反射？这样解读就无趣了。艺术并非真实世界的客观反映，李贺在这里把“黑云”与“金鳞”放在一起，突出的是敌我双方的对阵局势，敌军围城的压迫感和守城将士的威严感，碰撞出紧张的氛围，通过强烈的颜色对比和明暗反差，将士们视死如归的决心以及对取得胜利的信心也得到了突出。

“角声满天秋色里，塞上燕脂凝夜紫。”三、四句分别从听觉和视觉两方面写出两军对垒的惨烈。战士们吹响的号角声，伴随着萧瑟的秋风响彻天际。战斗从白昼持续到黄昏，战死将士流下的如胭脂般鲜红的血迹，早已凝固成一片紫色。

“角声满天”勾画出战争规模的宏大，渲染了战争激烈的氛围，也突出了守城将士的昂扬斗志。敌军依仗人多势众，步步紧逼；守军并不因势孤力弱而怯阵，在号角声的鼓舞下，他们士气高昂，奋力反击。

“燕脂”即胭脂，这里指暮色战场泥土中混着的，如胭脂般凝固的鲜血。李贺没有直接描写车毂交错、短兵相接的激烈场面，而是选取几个典型的意象来描摹，如“角声满天”“秋色”“塞上”“胭脂”“夜”等，从侧面烘托出战争的规模之大和交战时间之长。

同时，对交战之后的景象做了极丰富的点染，一个“凝”字暗示死者的鲜血已经慢慢凝固，混入泥土由鲜红变为紫红。这种黯然凝重的氛围，衬托出战地的血腥场面，给人以悲壮之感，也暗示攻守双方都有大量伤亡，守城将士依然处于不利的境地，为下面写友军的援救作了必要的铺垫。

在五、六句“半卷红旗临易水，霜重鼓寒声不起”中，李贺通过典故来表达将士视死如归的豪情。深夜里，寒风卷起旗帜，增援的军队悄悄接近易水；浓霜浸湿了战鼓，鼓声变得沉闷，击打不出振奋的声音。

“易水”让人不自觉联想到“风萧萧兮易水寒，壮士一去兮不复还”。这里运用了“荆轲刺秦”的典故，既点明作战地点，又暗示将士杀敌报国的决心如同视死如归的荆轲。此外，“半卷红旗”“声不起”表明援军正在准备夜袭，为了避免被发现，只能半卷红旗、悄悄鸣鼓，为的是出其不意，攻其不备。这样细致的景象描写，营造了大战之前的一种安静，给人以紧张之感——因为这种安静将会在一瞬间被打破。

最后两句“报君黄金台上意，提携玉龙为君死”中也运用了典故，传说战国时燕昭王曾置千金于黄金台上，延请天下贤士。“玉龙”指代宝剑。这里诗人引用“黄金台”的典故，表达了将士们感激天子赏识，以及誓死杀敌、报效君王的决心，同时也暗含诗人立志报国的愿望。此二句中，君王千金一掷为求将才，将士感恩赏识万死不辞，在诗的结尾用人心中的对知遇之恩的感激来缓和环境的肃杀之气，使得整首诗在格局上又上升了一个层次。

一般说来，写悲壮惨烈的战斗场面，不宜使用秾艳色彩的词语，而李贺这首诗几乎句句都有鲜明的色彩，其中如金色、胭脂色和紫红色，非但鲜明，而且秾艳。它们和黑色、白色等等交织在一起，构成色彩斑斓的画面。李贺就像一个高明的画家，以色示物，以色感人，借助想象给事物涂上各种各样新奇浓重的色彩，有效地显示了它们的多层次性。色彩虽多，但不矛盾，瑰丽之中透露着和谐，赋予这首诗独特的魅力。

读完李贺的这首《雁门太守行》，韩愈颇为震惊，不由得对李贺大为赞赏。他鼓励李贺一定要去参加科举，以他的才学一定可以高中。

李贺才华横溢，又得到当世文豪韩愈的肯定，心里自然是有一丝得意的，但是一得意就容易忘乎所以，栽跟头自然就是免不了的。

在《太平广记》中便记录了李贺栽跟头的故事。当时李贺声名大噪，元稹非常仰慕他的才华，特别是他那句“报君黄金台上意，提携玉龙为君死”，更是让元稹佩服得五体投地。

明经中第的元稹非常想结交这位诗坛新星，便前去拜访。但是元稹做梦都没有想到，自己心中爱国忠君的李贺，竟然是一个骄傲自大的人。

李贺看到元稹，只说了一句话：“明经及第，何事来见李贺？”意思是说，你个中明经科的小子还有脸来见我李贺？短短几个字饱含了对元稹的贬低和不屑。元稹的自尊心遭受了极大的侮辱，他涨红的脸逐渐变得惨白，然后愤然离去。

李贺凭什么看不起元稹？因为唐朝科举，分为进士科和明经科。考中进士科的那都是古代的学霸，而明经科的难度就远远不如进士科，所以，声名鹊起的李贺看不起元稹这个明经科也是很正常的。

但是，不得不说李贺的这句话实在太伤人了，特别是在还不熟悉的情况下，就这样伤害了别人实在不应该。受辱的元稹不断刻苦努力，一路飞黄腾达，后来当了礼部侍郎，成了进士科的主考官，而此时李贺正要参加科举考试。元稹看到了参加考试的名单上有李贺的名字，从前那句“明经及第，何事来见李贺？”的讽刺之语，不断在耳畔回响，那种屈辱再次袭来。

于是元稹跟朝廷提议，李贺父亲名“晋肃”，跟“进士”音近，所以李贺应该避讳，不能考进士。韩愈爱才心切，听说此事后，非常气愤，写了一篇《讳辩》为李贺发声。但是结果已经无法改变，想要考进士的李贺最终还是没能如愿，只好愤而离开长安。

未能参加进士考试，对李贺打击甚重，他因此写了不少抒愤之诗。不过，后来在韩愈的推荐之下，李贺又返回长安，考核后，任奉礼郎，从此开始在长安为官。

为官三年，李贺耳闻目睹了许多事情，结交了一批志同道合的朋友，对当时社会有了深刻的认识。李贺个人生活虽不如意，却创作了一系列反映现实、鞭挞黑暗的诗篇。

在此期间，虽然李贺心情“憔悴如刍狗”，但增长了生活阅历，拓宽了知识领域，在诗歌创作上大获丰收。他在中唐诗坛乃至整个唐代文坛的杰出地位，便是这一时期写下的作品所奠定的。

然而不幸悄然到来，李贺的妻子因病去世，他伤心难过，无心做官，便开始了游历生活，希望能排遣自己心中的苦闷。然而李贺的身体每况愈下，最后只得抱病回到家中，整理诗文，不久就病逝了，这时他才二十七岁。

李贺这一生曲折坎坷，给我们留下了许多脍炙人口的诗篇。不过，在《唐诗三百首》中，却不曾见过李贺的诗歌。为什么呢？

《唐诗三百首》是清代蘅塘退士孙洙编选的。他之所以编选这本书，是有感于当时流传的《千家诗》选诗标准不严，体裁不备，他希望以新的选本取而代之，成为更合适的家塾课本。换言之，《唐诗三百首》相当于儿童启蒙读物。

反观李贺诗作的风格，大多诡异，有的甚至近乎荒诞，而且遣词造句颇为晦涩难懂。比如，同样是写牡丹，刘禹锡写“唯有牡丹真国色，花开时节动京城”，而李贺则写“归霞帔拖蜀帐昏，嫣红落粉罢承恩”。相比之下，刘诗通俗易懂而李诗就很抽象，对于刚刚接触诗歌的儿童来说，自然很难理解其中的美感。李贺的诗歌基本都是这种风格，所以他没有一首诗入选《唐诗三百首》也在情理之中。

不过，这并不影响李贺在诗坛的地位，他绮丽多变、空灵诡异的诗作成为唐诗中的一朵奇葩，至今仍在绽放。

延展阅读

马诗二十三首·其五　李贺

大漠沙如雪，燕山月似钩。

何当金络脑，快走踏清秋。

平城下　李贺

饥寒平城下，夜夜守明月。
别剑无玉花，海风断鬓发。
塞长连白空，遥见汉旗红。
青帐吹短笛，烟雾湿昼龙。
日晚在城上，依稀望城下。
风吹枯蓬起，城中嘶瘦马。
借问筑城吏，去关几千里。
惟愁裹尸归，不惜倒戈死。

一将封侯生民死，一朝及第苦命甜

己亥岁感事

曹松

泽国江山入战图，生民何计乐樵苏。

凭君莫话封侯事，一将功成万骨枯。

晚唐时期，唐王朝国力日趋衰落。藩镇割据、宦官专权、朋党之争等各种内部斗争加剧，本已千疮百孔的唐王朝更加摇摇欲坠。官场的腐败，使大批文人志士被拒于仕途之外，他们怀才不遇、壮志难酬，即使有幸跻身仕途，也同样难以施展抱负，反而在政治斗争的旋涡中频遭挫折和打击。

沉重的失落感，导致晚唐文人对官场政治日趋冷漠麻木；纷乱的时世，又给他们的心灵蒙上一层浓重的感伤。在这样的社会现实面前，从军出塞再也激不起诗人们的豪情壮志，反而变得阴森可怕。

诗人们不再希望通过武功封侯拜相，也不再为王侯将相歌功颂德，而是转向忧国忧民，从悲悯的视角去描写战争带来的苦难，把边塞与死亡连在一起以揭露统治集团的腐败。边塞诗的风格也因此变得色彩阴郁、景象悲苦、意绪低沉。

在古代，很多读书人一辈子都在等一个机会，一个功成名就的机会，一个施展抱负的机会。曹松便是这样的一个人。他出生在安徽桐城的一个贫寒家庭，和无数寒门子弟一样，科举中第几乎是他跨越阶层、反抗命运的唯一出路。

曾经的他意气风发，兴冲冲地打马长安街头。在《长安春日》里，他曾这样描述自己参加科举考试时的兴奋心情："浩浩看花晨，六街扬远尘。尘中一丈日，谁是晏眠人。"

可惜的是，他并没有如愿以偿，"徒云多失意，犹自惜离秦"。落第的曹松像浮云一样，悻悻地离开了长安，他很失意却没有熄灭内心的热情，仍潜心修业、刻苦读书，并写下了"看云情自足，爱酒逸应无"的诗句，来安慰自己。

在前往考场的路上，他总是骑着一头毛驴，将书箱搭在驴背上，怀揣着梦想踽踽前行。就是这样一个奔波在科举路上的背影，一走就是几十年。期间，他屡战屡败，又屡败屡战，人生的大好年华与诗书相伴，也在考不中的乌云之下，一天天逝去——功名，是他求不得，但是一定要追求的太阳。

公元874年，李唐统治者的横征暴敛终于让底层人民不堪重负、揭竿而起。王仙芝起义爆发后，迅速发酵，四方群众争相加入。起义军势如破竹，战火旋即燃遍中原地区，并很快蔓延到了江汉流域。

大唐的江山已然风雨飘摇，此时的曹松还在为下一次科举做准备。为了躲避战乱，他不得不背井离乡，加入战争移民的队伍之中。可是无论逃到哪里，他都书不离手、诗不离口，因为心中的梦想没有熄灭，所以只要有机会参加考试，哪怕山高水远、烽火连天，他还是会千里迢迢赶到考点，以图一考成名。

在漫长的漂泊生涯中，曹松也有过几天安生日子。拜建州刺史李频所赐，曹松短暂地有了一个落脚的地方。后来李频病逝于任上，失去了依靠的曹松，进入山林过起了隐居的生活。隐居期间，他倾心于佛教禅宗，试图将世俗的一切名利荣辱、是非得失全部放下，以求得内心的超脱。然而，国家之乱尚未平定，一个有强烈功名抱负的读书人，又如何甘心呢？

唐僖宗任命高骈为镇海节度使、诸道行营都统等，镇压黄巢起义军。曹松在得知这个消息之后，想到了在战争中死去的无辜百姓与士兵，也想到了那些凭借杀戮封侯的将军，于是他挥笔写下了这首《己亥岁感事》。

曹松诗文的风格“似贾岛，工于炼字，意境深幽”，这些特点在这首《己亥岁感事》中都有所体现。

第一句“泽国江山入战图”，以“泽国江山”代指江汉流域，“入战图”说明这里已经成为战区。曹松并没有直接写江汉流域的惨烈战争，而是用侧面描写的手法，将战火熊熊的山河描绘成一幅画卷，并给读者留下了想象的空间，让我们透过这幅“战图”想象那兵荒马乱的年代。只此一句，不仅营造了战争激烈的氛围，又能让我们感受到战争的无情和人民的疾苦。

随着战争而来的便是生灵涂炭。作为战争的见证者和亲历者，悲天悯人的曹松自然而然想到了战火之中的黎民百姓，不禁发出“生民何计乐樵苏”的感叹。

砍柴为“樵”，割草为“苏”，“樵苏”在这里指代平民百姓砍柴割草的底层生活。以“樵苏”为生计本就十分艰辛，无乐可言，然而现在百姓们流离失所，在生死之间挣扎，就连原本艰辛的“樵苏”生计，都已是可望而不可求。这种求而不得的失落，是每一个底层“生民”内心的真实写照。

曹松从最普通的生活细节着手描写，足以见得他对百姓的同情。同时，此句中的“乐”字更是将“生民”心中的落魄之感无限放大。“宁为太平犬，勿为乱世民”，原本艰辛的生活，却已是得不到的快乐，这种无奈的不幸，着实耐人寻味。

紧接着三、四句就自然而然地吟诵出了沉痛的呼告：“凭君莫话封侯事，一将功成万骨枯。”请你不要再提封侯的事情了，一名将领的功成名就，要牺牲多少人的生命啊！这是曹松的呼告，也是无数“生民”的心里话。

这里的“封侯事”是说高骈被封为镇海节度使之事。古代战争常以取敌人首级的数量来评判功绩，高骈因大破起义军而升官，看似是荣耀门楣的功绩，实际上却是由无数生民的枯骨堆积出来的。

一个“凭”字，意在“请”与“求”之间，语调比“请”更强，比“求”更软，更符合诗人心中的无奈与悲苦之感。词苦声酸，全由一“凭”字表现出来，足见曹松炼字之精。

末句“一将功成万骨枯”更是全诗的点睛之笔，同样也是唐诗中的名句。这句诗中没有生僻字，意思也十分简单，但它却有着丰富的含义。在曹松之前，也有类似的诗句，比如，张蠙在《吊万人冢》中写道“可怜白骨攒孤冢，尽为将军觅战功”；刘商在《行营即事》中写道“将军夸宝剑，功在杀人多”。

张蠙、刘商以及曹松的诗，都流露出了对“封侯事”的不齿，但曹松此句之所以更广为人知，是因为他不一样的表现手法。“一将功成万骨枯”在一句话中运用了两处十分强烈的对比：“一”与“万”的对比反映了战争波及范围之广；“功成”与“骨枯”的对比，将加官晋爵后的春风得意与荣耀的背后是杀戮与罪孽捆绑起来，强烈的反差形成了巨大的讽刺，骇人的程度直击人的灵魂。

这句诗与杜甫的名句“朱门酒肉臭，路有冻死骨”，可谓是异曲同工，都用强烈的对比，表达了诗人对社会不公的抨击，对民众苦难的同情，很具有时代感。

整首诗前三句语气都比较委婉，多是侧面描写，而最后一句直抒胸臆，直接说出了对封侯之事的不齿，掷地有声，振聋发聩。

能写出如此名句的曹松，最终还是得到了他追求一生的功名。只不过，他的日出晚一些……

唐昭宗天复元年（901），在经历了文宗、武宗、宣宗、懿宗、僖宗、昭宗六位皇帝，参加了五十多年的科举考试之后，古稀之年的曹松终于考中了进士，还被委任为校书郎，后任秘书省正字。风烛残年的曹松，只做得两年官便与世长辞了。六年后，大唐王朝也不复存在……

其实，曹松能够登科及第，纯属巧合。那一年，恰逢宦官韩全诲谋反失败，唐昭宗死里逃生，龙颜大悦，特地开恩从落榜的学子中选择一批“孤贫屈人”赐予官位。年逾古稀的曹松就这样被选中，与另外四位白发苍苍的高龄考生一起，被赐为进士。说白了就是皇帝可怜那些家境贫寒、屡考不中的可怜人，给个面子，布施恩典罢了，所以后人戏称这个特殊的题名榜单为“五老榜”。

虽是个白头进士，虽然被后人戏谑，但曹松毕竟还是登了榜的，想想千百年来，又在多少人考白了头发，却最终带着一声叹息走进坟墓，这样看来，曹松也算是不幸中的万幸了。